In den Fängen der Stille

In den Fängen der Stille

von

Raphael Amann

Bibliografische Information der Deutschen Nationalbibliothek: Die Deutsche
Nationalbibliothek verzeichnet diese Publikation in der Deutschen Nationalbibliografie;
detaillierte bibliografische Daten sind im Internet über dnb.dnb.de abrufbar.

Verlag: BoD · Books on Demand GmbH, In de Tarpen 42, 22848
Norderstedt, bod@bod.de

Druck: Libri Plureos GmbH, Friedensallee 273, 22763 Hamburg

ISBN: 978-3-7693-2745-8

Es war schon spät. Seine Augen fielen langsam zu, der Vodka tat seinen Zweck. Diesmal sollte es keine dieser endlosen Nächte werden, die den großen Hühnen quälten, in denen er von Erinnerungen und neuen Sorgen gepeinigt wurde, die ihn nicht zur Ruhe kommen ließen. Nächte, in denen der Kopf rastlos umherirrte, der Körper jedoch nicht folgen konnte. Heute, so schien es, würde er endlich Entspannung finden.

Er richtete sich auf, seine gut 100 Kilo Muskulatur und die stattlichen 1,90 Meter Körpergröße stützten sich mühsam auf das Sofa, bevor er sich erhob. Das YouTube-Video, das auf dem Fernseher lief und bei dem er alte Musikvideos ansah, die seine Stimmung nur selten besser machten, schaltete er aus. Mit einem leicht torkelnden Gang machte er sich auf den Weg zum Schlafzimmer, selig und gedankenverloren. Unterwegs hielt er noch kurz im Bad, um sich zu erleichtern. Danach fiel er in sein Bett und ließ mit einem schnellen, flüchtigen Rückblick auf sein verkorkstes Leben die Augen zufallen. Bald schon hatte der Schlaf ihn vollständig eingenommen.

Gute Nacht, Matt.

Es war dunkel. Das junge Mädchen richtete sich langsam auf, ihre Augen tasteten in der Dunkelheit umher, und sie nahm einen Schluck Wasser. Sie fühlte sich gleichzeitig aufgeregt und erschöpft. War dies der Beginn von etwas Neuem oder das Ende eines Kapitels? Sie wusste es nicht und ihre Gedanken waren zu wirr, um eine Antwort zu finden. Ihre Augen wurden schwer, ihre Glieder müde. Zu schwach, um sie offen zu halten, ließ sie sich von der Dämmerung in den Schlaf wiegen.

Gute Nacht, Lyla.

Kapitel 1

Der schrille Ton seines Weckers riss Matt aus dem Schlaf. Er blinzelte in das grelle Licht des neuen Morgens und ließ sich langsam aus dem Bett fallen. Ein leises Knacken ertönte, als seine Gelenke sich streckten und seine Muskeln sich überdehnt anfühlten. Ein typisches Gefühl für ihn – er war groß, stark, aber auch nicht mehr der Jüngste. Ein paar Klimmzüge oder vielleicht doch lieber Liegestütze, dachte er kurz, aber dann verwarf er den Gedanken. Er hatte keine Lust, sich jetzt schon mit so etwas zu quälen. Lächelnd schüttelte er den Kopf, als er ins Wohnzimmer ging und sich eine Zigarette anzündete. *Es war noch früh.* Sechs Uhr morgens, der Tag begann gerade zu dämmern, und die Dunkelheit wich langsam dem einfallenden Tageslicht.

Matt war überrascht, noch alleine auf dem Sofa zu sitzen. Er pfiff einmal scharf und rief dann: „Scott, komm her, Junge!"

Scott, sein treuer Bullmastiff, war immer zur Stelle. Seit er ein Kind war, hatte Matt sich einen Hund wie diesen gewünscht – inspiriert von einem alten Film über einen Polizisten, der mit einem Bullmastiff namens Hutsch einen Fall löste. Doch statt den Hund wie im Film zu nennen, hatte er ihm einfach den Namen des Polizisten gegeben. *Scott*, und damit war es auch gut. Der Hund, der über 60 Kilo wog und fast bis zur Hüfte seines Besitzers reichte, schlenderte gemütlich in den Raum, rieb seinen schweren Kopf an Matts Knie und ließ sich ausgiebig kraulen. Trotz seiner massigen Statur war Scott ein sanfter Riese, ruhig und verschmust. Doch Matt wusste, dass der Hund bei Gefahr genauso entschlossen reagieren konnte, wie er es selbst tat, sollte er je in Schwierigkeiten geraten.

„Und, wie hast du geschlafen, du Monster?", fragte Matt, während er in die glänzenden Augen seines Hundes blickte. Er lachte leise, „Hast ja recht, warum mit Belanglosigkeiten aufhalten, wenn man direkt zur Sache kommen kann?" Noch während er sprach, stand er auf und machte sich auf den Weg zum Kühlschrank.

„Wonach ist uns denn heute?" fragte er in den Raum, wohl wissend, dass er außer einem zufriedenen Hecheln von Scott keine Antwort bekommen würde. Nachdem er den eher kargen Inhalt des Kühlschranks begutachtet hatte, nahm er sich eine Tüte Milch und holte für Scott einen Teller mit übrig gebliebenen Chickenwings vom Vortag. Eine der Wings steckte er sich selbst in den Mund, die restlichen gab er dem Hund. „Frühstück für Champions", murmelte er lachend, nahm sein Handy von der Anrichte und trennte es vom Ladegerät. Dann ging er hinaus auf die Veranda, um die Nachrichten des Morgens zu lesen.

Es war eine alte Gewohnheit aus Zeiten, die er längst hinter sich gelassen hatte. Früher, als er noch jünger war hatte sein Leben noch anders ausgesehen. Vor seinem neuen Job, vor den Tagen der Erschöpfung, der Verletzungen und der Enttäuschungen.

Früher war er um 4:30 Uhr aufgestanden, jeden verdammten Tag. Er hatte Sport gemacht – Laufen, Gewichte stemmen – das volle Programm. Ein vernünftiges, gesundes Frühstück, dabei die Nachrichten aus der ganzen Welt. Danach ging es zur Arbeit. Was auch immer das an diesem Tag bedeutete. Er hatte in einer speziellen Einheit des Innenministeriums gearbeitet, wo niemand fragte, was auf einen zukam. Niemand wusste, was der Tag bringen würde, und oft war es besser so. Matt war gut in seinem Job – ehrgeizig, zielstrebig, loyal. Und er wusste, wie man sich in einem Team einfügte, wie man alles für das Team gab, sich selbst jedoch hinten anstellte.

Doch diese Zeiten waren vorbei. Unwiderruflich. Es gab keinen dramatischen Vorfall, keinen großen Fehler, keine misslungene Mission, die ihn aus der Bahn geworfen hätte. Es war vielmehr eine Frage seines Körpers. Über die Jahre hatte er ihn bis ans Äußerste beansprucht, ohne Rücksicht auf die Folgen. Die Schmerzen ignoriert, die Warnsignale seines Körpers überhört. Bis es irgendwann zu spät war. Seine Ärzte hatten ihm schließlich die Wahrheit gesagt. Zu viele Verletzungen, zu viele vernachlässigte

Heilungsprozesse. Es war vorbei.

Er zündete sich eine weitere Zigarette an und ließ sich in den Stuhl auf der Veranda sinken. Scott legte sich vor ihm auf den Boden, der Kopf auf seine Pfoten gestützt, und beobachtete Matt mit seinen ruhigen Augen. Der Hund war ein stiller Begleiter, aber er wusste, dass er immer auf Matt aufpasste. Während Matt die Nachrichten durch scrollte, setzte sich die Sonne immer weiter durch, und die ersten warmen Strahlen trafen die Veranda.

Bevor er sich ins Bad begab, um sich für den Tag fertig zu machen, tippte er noch eine Nachricht an Julia, seine Ex-Freundin. Ein einfaches „Guten Morgen, hoffe, du hast gut geschlafen", dann legte er das Handy zur Seite. Der Tag hatte begonnen. Der Job, den er nun hatte, war noch neu, aber er hatte das Gefühl, dass er sich langsam einfinden würde. Es war nicht das Gleiche wie früher, aber es war etwas. Und in einer Welt, die sich ständig veränderte, war das vielleicht genug.

Kapitel 2

Es war kurz vor sieben, als Matt mit seinem Pick-up-Truck um die Ecke bog und das vertraute Bild der örtlichen Highschool vor sich hatte. Seit etwa zwei Monaten war er nun der neue Hausmeister dieser Schule – und ausgerechnet hier hatte auch er in seine Schulzeit verbracht. Es war seltsam, wieder hier zu sein. Natürlich hatte sich einiges verändert: Neue Anbauten, modernisierte Fassaden, eine deutlich veränderte Architektur. Doch der Grundkern des Gebäudes war geblieben, und trotzdem fühlte es sich fremd an. Eine Art Zeitreise, als wäre er plötzlich zurück in der Vergangenheit.

Was ihm besonders auffiel, war der hohe Zaun, der nun rund um das Gelände gezogen war. Früher hatte es so etwas nicht gegeben. Damals blieben die Schüler oft bis spät in den Abend auf dem Schulhof, spielten Basketball, nutzten die Treppen als Skateboardrampen oder hingen einfach auf der Wiese ab. Für die Jugend von heute war das scheinbar nicht mehr möglich. Matt dachte an seine eigene Schulzeit und wie anders alles jetzt war. Er fuhr den Wagen in eine der Parkbuchten und bemerkte dabei, dass der Parkplatz fast leer war.

„War klar, dass der faule Sack noch nicht hier ist", dachte er mit einem schiefen Grinsen. Der „faule Sack", wie Matt ihn nannte, war Bill, sein Kollege. Oder besser gesagt, „Hausmeister Nr. 1", wie Bill sich gerne selbst betitelte. Das war seine Position – auch wenn man ihm das bei seiner Größe und seiner unübersehbaren Präsenz kaum abnahm. Doch Matt war das egal. Für ihn zählte nur, dass er seine Arbeit erledigte. Wer wo in der Hierarchie stand, war ihm völlig unwichtig. Aber, wie er immer gelernt hatte, führten echte Anführer von vorne. Und das war Bill, der regelmäßig zu spät kam und wenig motiviert wirkte, wohl nur schwer möglich.

Er parkte den Truck, ließ Scott, seinen Bullmastiff, aus dem Wagen und betrat das Schulgebäude. Die Luft war noch kühl, und das Licht des frühen Morgens schlich sich durch die Fenster. Zuerst ging er zum Haupttor und schloss es auf. Kaum war er damit fertig, strömte schon eine kleine Gruppe von Schülern heran, die das Gelände betreten wollten.

„Hey, Mr. Donovan! Wie läuft's?", riefen zwei Mädchen.

„Ihr seid früh dran", antwortete er trocken und schmunzelte. „Hausaufgaben sollten doch eigentlich zu Hause erledigt werden", fügte er mit einem Zwinkern hinzu. Die Mädchen zuckten mit den Schultern und lachten, während die Jungs mit einer lässigen Handbewegung abwinkten. Es war immer das Gleiche: Die Schüler gingen ihren eigenen Weg, und Matt war für sie irgendwie der unauffällige Teil ihres Schulalltags.

Er verabschiedete sich von der Gruppe und ging zum Nebeneingang, wo er ebenfalls die Tür öffnete und die Treppe hinunterstieg. Der kleine Aufenthaltsraum, der auch eine Werkstatt beherbergte, war ruhig und etwas muffig. Scott legte sich sofort auf seine Decke in der Ecke und scharrte sich den großen Rinderknochen zurecht, den er dort hatte. Matt begann, die Kaffeemaschine auszuspülen, während er sich Gedanken über den bevorstehenden Tag machte. Er trank zwar keinen Kaffee, aber er wusste, dass Bill – der noch immer nicht da war – darauf schwor. Und auch die Lehrer, die ab und zu in den Raum kamen, um eine kurze Pause einzulegen, schätzten es, wenn der Kaffee frisch war.

Es war mittlerweile zwanzig nach sieben, und Bill war immer noch nicht aufgetaucht. Matt seufzte. Als einzig verbliebener Hausmeister begann er, seine morgendliche Runde zu drehen. Zuerst schaltete er die Alarmanlagen aus, dann überprüfte er die Notausgänge und sah nach, ob noch Türen zum Schulgebäude verschlossen waren. Der Haupteingang sowie die Tür zum Verwaltungstrakt, in dem sich auch das Lehrerzimmer befand, waren schon offen – viele der Lehrer waren bereits eingetroffen, schoben sich in ihre Büros oder stürmten in den Pausenraum, um ihren ersten Kaffee des Tages zu holen.

Matt musste innerlich grinsen, als er einige von ihnen sah. Lehrer, so schien es, waren immer gestresst und überfordert. Vielleicht sollten sie mal echten Stress erleben, dachte er. Schließlich waren sie es, die den jungen Leuten helfen sollten, sich in der Welt zurechtzufinden und zu erwachsenen, verantwortungsbewussten Menschen zu werden. Wenn er ehrlich war, empfand er viele der hier angestellten Lehrer eher als Fachidioten – sie wirkten auf ihn nicht wie Mentoren, sondern eher wie einfache Vermittler von trockenem Wissen. Aber das war nicht sein Problem. Er war hier, um dafür zu sorgen, dass das Schulgebäude in Schuss blieb. Alles andere ging ihn nichts an.

Als er die hinteren Bereiche des Schulgeländes erreichte, fiel ihm auf, dass vor dem Altpapiercontainer eine Menge Kartons und lose Blätter lagen. „Typisch Bill", dachte er, aber der Gedanke verflog so schnell, wie er gekommen war. Gerade als er sich daran machte, das Papier in den Container zu werfen, hörte er hinter sich eine keuchende Stimme.

„Morgen, Matty. Hab dich schon überall gesucht!", sagte Bill, der nun doch endlich aufgetaucht war. „Wusste nicht, ob du schon deine Runde gedreht hast. Ist ja wichtig, dass wir Präsenz zeigen!"

„Sollte dir ja nicht sonderlich schwerfallen", erwiderte Matt trocken und tätschelte Bills stattlichen Bauch.

„Ha, ha", lachte Bill. „Du weißt doch: Ein Mann ohne Bauch ist ein Krüppel!" Er wischte sich den Schweiß von der Stirn, offensichtlich leicht außer Atem.

„Mag sein, Bill", grinste Matt, „aber dafür schwitze ich deutlich weniger." Er deutete mit einem Nicken auf den Pausenraum. „Lass uns einen Kaffee holen."

„Auf jeden Fall! Dachte schon, du fragst nie", sagte Bill und drehte sich sofort um, um in Richtung Pausenraum zu gehen.

Matt schüttelte amüsiert den Kopf und rief ihm nach: „ Ich komme in fünf Minuten nach", während er mit der Hand auf den Altpapiercontainer zeigte.

Ein weiterer ganz normaler Arbeitstag, dachte Matt, während er sich daran machte, den Müll zu entsorgen.

Kapitel 3

Es war schon nach 16 Uhr, als Matt seine Runde um das Schulgelände drehte. Die letzten Schüler verließen das Gelände. Bill, war wie immer längst nach Hause gefahren. Matt kümmerte es nicht – er hatte seinen Job zu erledigen. Türen und Fenster überprüfen, die Räume verschließen, die Lehrer vergessen hatten, und schließlich die Alarmanlagen aktivieren, Korridor für Korridor. Es war ein eintöniger, aber notwendiger Teil seiner Arbeit.

Am Ende des Rundgangs fand er Scott, der sich in der Sonne auf einer der Wiesen neben dem Schulhof ausgebreitet hatte. Das kleine Monsterchen war völlig entspannt, einen Ast in seinem Maul, den er gerade bearbeitete. Matt räusperte sich leise, und sofort reagierte der Hund. Mit dem Ast im Mund schlenderte Scott zu ihm, blieb jedoch plötzlich stehen. Seine Rute zeigte nach oben, sein Körper angespannt. Auch Matt verharrte einen Moment und beobachtete aus dem Augenwinkel eine Bewegung auf dem Parkplatz.

Langsam gingen sie in Richtung Ausgang, doch je näher sie dem Tor kamen, desto deutlicher konnte Matt erkennen, was vor sich ging. Zwei junge Männer standen vor einem Mädchen, das auf den ersten Blick verängstigt wirkte. Ihre Körperhaltung war defensiv, ihre Stimme klang hilfesuchend. Matt konnte die Situation sofort einschätzen: Die beiden Jungs gehörten zum Footballteam, ihre College-Jacken verrieten ihre Identität. Das Mädchen hingegen war ihm unbekannt.

Er setzte seinen Weg fort, verschloss das Haupttor und führte Scott zum Truck. „Warte hier", wies er den Hund an, behielt aber die Szene auf dem Parkplatz weiterhin im Auge. Die beiden Footballer hatten das Mädchen bereits in eine Ecke gedrängt, ihre Körperhaltung aggresiv, und sie standen ihr bedrohlich nahe. Der vordere war der typische Quarterback: athletisch, gut gestylt, der Inbegriff des Schulkönigs. Der andere war deutlich größer, schwammiger und ganz offensichtlich weniger auf sein Aussehen bedacht.

Matt zündete sich eine Zigarette an und hielt für einen Moment inne, um das Geschehen zu analysieren. Er war es gewohnt, Situationen zu beurteilen und Gefahren zu erkennen. Dass es zu Problemen kommen könnte, sollte er eingreifen, machte ihm keine Sorgen. Matt war gut ausgebildet und hatte genug Erfahrung, um mit diesen beiden Typen problemlos fertig zu werden. Er zog an der Zigarette und setzte sich in Bewegung, als der athletische Junge plötzlich nach dem Mädchen griff, sie am Ellbogen packte und zu sich zog, während er laut brüllte.

Das war zu viel für Matt. Er war ein Mann mit Prinzipien und duldete es nicht, wenn Schwächere in Not waren. „Hey, Don Johnson für Arme!" rief er in die Richtung der Drei und beschleunigte seine Schritte. „Haben deine Eltern dir nicht beigebracht, wie man sich Frauen gegenüber verhält?" Das Mädchen nutzte den kurzen Moment der Ablenkung, um sich loszureißen, stürzte dabei jedoch unglücklich zu Boden.

Matt bemerkte, dass der Quarterback für einen Augenblick besorgt wirkte, als das Mädchen fiel, doch dieser Moment verflog schnell. Sein Kumpel, der größere von beiden, brüllte los. „Hast du ein Problem, Hausmeisterchen?"

Matt schmunzelte. Die Rollen waren klar: Der athletische Junge war der Anführer, der größere war der „treue Hund", der für den groben Kram zuständig war. Wahrscheinlich froh, überhaupt eine Rolle spielen zu dürfen. Doch Matt behielt die Reaktion des Quarterbacks im Kopf. Er antwortete gelassen: „Mit dir sicherlich nicht. Da kannst du dir ganz sicher sein."

Er ging an dem größeren Jungen vorbei, was diesem deutlich missfiel. Doch Matt schenkte ihm keine weitere Beachtung. Stattdessen wandte er sich direkt an den Quarterback. „Ich bin erstaunt, wie ihr jungen Männer heutzutage mit Frauen umgeht", sagte er ruhig. „Zu meiner Zeit hätte euch so ein Verhalten keine Pluspunkte bei den Mädchen eingebracht. Vielleicht willst du mir ja mal erklären, was das hier soll?"

Der Junge schien unschlüssig. Er tauschte einen Blick mit

seinem Kumpel, der sofort die Initiative ergriff. „Noch mal, Meister! Das hier geht dich nichts an. Du gehst jetzt einfach besser, bevor es zu deinem Problem wird. Mein Freund hier hat noch etwas zu klären!"

Matt hörte sich das mit einem leichten Grinsen an. „Aha", antwortete er. „Klingt interessant. Nur hab ich dir schon mal gesagt, dass ich nicht mit dir rede."

Damit war das Vorspiel beendet. Der größere Junge trat vor, knackte seine Finger und schritt drohend auf Matt zu. Amateur, dachte Matt. Er blockte den ersten Schlag mühelos ab und packte den Jungen sofort am Hals. Dieser schaute völlig überrascht und röchelte nach Luft. Doch anstatt sich clever zu wehren, versuchte er mit unkontrollierten Schlägen und Zappeln zu entkommen – mit wenig Erfolg. Matt verstärkte den Druck und packte mit seiner freien Hand den linken Arm des Angreifers. Mit einer schnellen Bewegung setzte er einen Hebel an, der dem Jungen keine andere Wahl ließ, als auf die Knie zu sinken.

Er schaute ihm in die aufgerissenen Augen und sprach mit ruhiger, aber bestimmter Stimme: „Ich werde dich jetzt loslassen. Du wirst dich auf den Bordstein setzen, deine Wunden lecken und mich nicht noch einmal unterbrechen, solange ich mit deinem Kumpel rede. Hast du das verstanden?"

Der Junge nickte schwach, mit hochrotem Kopf und zu wenig Sauerstoff im Gehirn. Matt ließ ihn los, und der Junge taumelte in die angeordnete Position. In einem wütenden, aber auch leicht eingeschüchterten Zustand setzte er sich auf den Bordstein und starrte auf den Boden.

Matt warf einen letzten Blick auf ihn, dann wandte er sich dem anderen zu.

Kapitel 4

„Nun zu dir", sagte Matt und wandte sich wieder dem QB zu. „Wie heißt du?"

Der Junge, offensichtlich nervös, antwortete verlegen: „Mein Name ist Tim. Ich weiß, wie das hier aussieht, aber es gibt wirklich keinen Grund, sich Sorgen zu machen."

Matt ignorierte ihn und drehte sich stattdessen zu dem Mädchen um. „Geht es dir gut? Bist du verletzt?"

Sie schwieg einen Moment, bevor sie knapp antwortete: „Es geht mir gut, mir ist nichts passiert." Sie schien sich eher zu schämen, als sich von der Situation verletzt zu fühlen. Matt musterte sie prüfend, doch auch ihm fielen keine offensichtlichen Verletzungen auf.

„Okay", sagte er schließlich. „Hast du eine Möglichkeit, nach Hause zu kommen?"

Sarah nickte. Sie hob ihre Sachen auf und machte sich dann, ohne ein weiteres Wort zu verlieren, auf den Weg. Doch kurz vor dem Ausgang drehte sie sich noch einmal um und blickte zu Matt. „Danke", sagte sie leise. Er nickte kurz und sah dann wieder zu Tim.

„Also, Sportskanone", begann Matt, „lernt man so was heutzutage beim Football? Erklär mir, was das sollte."

Tim zögerte und blickte auf den Boden. Ein tiefer Schatten von Scham überzog sein Gesicht. Er wirkte nachdenklich, als ob er versuchte, die richtigen Worte zu finden.

„Ich kenne Sarah", sagte er schließlich. „Ich wollte sie etwas Wichtiges fragen. Sie ist manchmal... schwierig. Eine richtige Zicke, wenn du so willst. Sie hat nicht verstanden, wie wichtig es ist, dass sie mir die Wahrheit sagt. Ich... habe da etwas übertrieben." Er schluckte und fuhr fort: „Ehrlich, ich hätte ihr nichts getan. Ich wollte nicht, dass Sarah sich verletzt, aber das Ganze ist einfach total schiefgelaufen. Ich schreibe ihr später um mich zu entschuldigen. Ich weiß, dass man so nicht mit Frauen umgeht."

Matt beobachtete ihn intensiv, die Worte des Jungen analysierend. „Ich verstehe", sagte er schließlich mit einem ernsten Blick. „Ich schlag vor, du lernst daraus. Mich interessiert ehrlich gesagt nicht, was du für Probleme mit ihr hast. Aber ich möchte, dass du dir merkst, dass ich es nicht mag, wenn man auf Frauen oder Kinder losgeht. Also schalt beim nächsten Mal zuerst deinen Kopf ein!"

Er sah zu dem anderen Jungen, der immer noch auf dem Bordstein saß. „So wie ich das sehe, musst du ja für den da mitdenken, also gib dir wenigstens etwas Mühe."

Tim blickte mit leeren Augen auf den Boden. „Ich hab verstanden. Wir werden das nicht vergessen. Versprochen."

„Gut", sagte Matt. „Dann seht zu, dass ihr nach Hause kommt oder wo immer ihr hin müsst." Er drehte sich um und begann, in Richtung seines Trucks zu gehen. Für ihn war das Ganze erst einmal erledigt.

Scott war schon ungeduldig und klebte mit der Nase an der Heckscheibe des Fahrzeugs. Als Matt einstieg, bemerkte er, dass auch Tim und sein Freund mittlerweile bei ihrem Auto angekommen waren und sich auf den Weg machten. „Verrückte Welt", dachte er, als der Motor des Trucks aufheulte. Matt warf einen Blick auf Scott. „Alles gut, Buddy. Jetzt holen wir Fleisch und dann ab nach Hause – Grill, Vodka und hoffentlich ein bisschen Ruhe." Doch irgendetwas ließ ihn nicht ganz los.

Er hatte etwas an Tim bemerkt, das ihn nachdenklich machte. Die Ausstrahlung des Jungen, sein Verhalten, und vor allem, was er gesagt hatte – es passte einfach nicht zusammen. Matt war darauf trainiert, kleinste Nuancen in der Körpersprache und den Worten anderer zu erkennen und zu deuten. Aber hier war noch etwas, das ihm nicht ganz klar war. Es war ein Gefühl, das er nicht sofort in Worte fassen konnte.

Neugier trieb ihn an, doch zugleich war er sich auch bewusst, dass er nicht mehr im Dienst war. Diese Zeiten lagen hinter ihm. Es ging ihn nichts an, was die

Jugendlichen für vermutlich belanglose Probleme miteinander hatten. Doch die Erinnerung an das Geschehen ließ ihn nicht los. Etwas an Tim, etwas an der ganzen Situation, machte ihn nachdenklich.

Während er den Truck langsam durch die Straßen lenkte, konnte er den Gedanken nicht abschütteln. Was war da wirklich los? Was hatte Tim nicht gesagt?

In der Dunkelheit der Nacht, fern von Matt und seinem Truck, lag Lyla allein im Stillen. Sie fror und die Kälte schien durch ihre Kleidung zu dringen, doch ihre Gedanken waren weit mehr gefangen als die frostige Kälte. Es war still um sie herum. Ein absolutes, erdrückendes Schweigen.

Sie versuchte, ihre Gedanken zu ordnen, versuchte, zu begreifen, was genau passiert war. Doch in Wahrheit war es eine Frage, die sie wirklich quälte: *Wie geht es jetzt weiter?*

Kapitel 5

Nach einem durchwachsenen Abend und einer typisch quälend langer Nacht wiederholte Matt seine übliche Morgendliche Routine. Als er sich anschließend auf den Weg zur Arbeit machte dachte er Gedankenverloren über vieles nach. Seine Vergangenheit, was die Zukunft für ihn bereit halten würde, und über die Arbeit die auf ihn wartete.Dann war er bereits an der Schule angekommen und machte sich auf den Weg Richtung Hauptgebäude.

Der Schulhof war ein einziges Durcheinander: das schrille Läuten der Schulglocke, das laute Gemurmel der Schüler und der Klang von Basketballbällen, die auf den Asphalt prallten. Matt stand an einer Wand, die Arme verschränkt, seine Statur wirkte beinahe wie eine drohende Präsenz. Der Wind fuhr durch seine Haare. Irgendetwas lag in der Luft – ein Gefühl, das er nicht sofort benennen konnte. Der Tag fühlte sich irgendwie anders an, auch wenn alles wie immer schien.

Plötzlich sah er das Mädchen vom Vortag. Sarah. Sie stand ein paar Schritte entfernt, den Rucksack schräg über der Schulter und eine Stirn in besorgtem Faltenwurf. Als ihre Blicke sich trafen, setzte sie sich in Bewegung und kam schnellen Schrittes auf ihn zu. Ihre Hände waren vergraben in den Taschen, das Gesicht wirkte Besorgt.

„Hallo, Mr. Donovan", sagte sie, als sie vor ihm stand. Ihre Stimme klang anders – leiser, brüchiger, fast als hätte sie etwas auf dem Herzen, das sie nicht länger zurückhalten konnte. „Ich muss mit Ihnen reden."

„Was ist los?" Matt war aufmerksam, die Skepsis in seiner Stimme aber unüberhörbar. Etwas stimmte nicht.

„Es geht um gestern", sagte sie hastig, als könnte sie die Worte kaum länger zurückhalten. „Zuerst möchte ich mich bedanken..."

Matt nickte, doch sein Blick war fragend. „Schon gut", sagte er. „Aber das ist nicht alles, oder?"

Sarah atmete tief durch, ihr Blick senkte sich für einen Moment. „Nein. Meine beste Freundin Lyla... sie ist verschwunden. Deshalb auch die Szene gestern."

Matt trat einen Schritt zurück. „Deine Freundin ist verschwunden?"

Sarah nickte stumm, ihre Stirn wurde noch tiefer in Falten gezogen. „Ja. Sie ist seit Tagen nicht mehr aufgetaucht. Niemand weiß, wo sie ist. Sie hat sich nicht gemeldet, ihre Sachen hat sie nicht mitgenommen.es ist, als wäre sie einfach aus ihrem Leben verschwunden."

Ein unangenehme Gefühl wuchs in Matts Brust, als er die Worte hörte. Er kannte Lyla nicht aber die Vorstellung, dass sie einfach verschwunden sein könnte, gefiel ihm nicht.

„Ist die Polizei oder Schule darüber informiert?"

„Ja ich denke schon" erwiderte Sarah. „Aber soweit ich weiß suchen sie nicht nach ihr, weil alle denken sie wäre einfach durchgebrannt."

„Hat sie sich den jemandem anvertraut oder gab es irgendwelche Anzeichen das sie vorhatte abzuhauen?" fragte Matt, seine Stimme besorgt, doch noch immer von Skepsis geprägt.

„Das ist ja das Problem", erklärte Sarah, ihr Blick ging für einen Moment zu Boden. „Ich weiß es nicht. Tim..." Sie zögerte, als ob sie nicht wusste, wie sie fortfahren sollte. „Tim ist Lylas Exfreund. Und... er glaubt mir nicht, dass sie verschwunden ist. Er meint, sie hätte einen neuen Freund und sie würde sich deshalb nicht melden."

Matt dachte nach. „Der Typ glaubt das wirklich?"

Sarah nickte, ihr Blick traf den Boden, als sie fortfuhr: „Ja. Er hat mich angeschrien, als ich ihm erzählt habe, dass Lyla weg ist. Er meinte, sie würde mir nur nichts sagen, weil sie jetzt einen anderen hätte. Er ist fest davon überzeugt. Glaubt das Lyla sich einfach nur in ein Liebesnest zurück gezogen hat. Und gestern hat er mir dann aufgelauert, weil er sicher war das ich doch etwas wissen würde. Er hat mir nicht einmal geglaubt, als ich ihm versuchte zu erklären, dass sie das nicht tun würde."

„Okay", murmelte Matt, seine Stimme ruhig, aber tief besorgt. „Wieso denkt der Kerl sowas?"

Sarah fuhr sich mit einer Hand durch ihr Haar, offensichtlich frustriert. „Er versteht die Situation einfach nicht. Lyla hat ihn damals verlassen, und seitdem denkt er nur noch daran das es einen anderen geben muss. Er weigert sich einfach anzuerkennen, dass etwas Schlimmes passiert sein könnte."

Matt biss sich auf die Lippe, als er die Situation zu begreifen versuchte. Er war sich sicher seine nächsten Worte zu bereuen. „Was hast du jetzt vor?"

„Ich weiß es nicht", antwortete Sarah und sah ihm schließlich wieder direkt in die Augen. „Ich will nicht einfach aufgeben, aber ich fühle mich hilflos. Und Tim... Tim will sich nicht einmischen. Ich habe das Gefühl, dass wir etwas übersehen. Irgendetwas stimmt nicht."

Matt stand einen Moment lang da und überlegte. Die Wahrscheinlichkeit, dass Lyla verschwunden sein könnte, ließ ihm keine Ruhe. Dann der Exfreund, der einfach nicht begriff, was vermutlich wirklich vor sich ging. Und der Gedanke, dass niemand außer Sarah ihr Verschwinden ernst nahm, machte ihn wütend.

„Ich könnte dir vielleicht helfen" sagte er schließlich, seine Stimme immer noch ruhig, aber fest entschlossen.

Sarah sah ihn überrascht an, ihre Augen suchten in seinem Blick nach einer Spur von Zuversicht. „Wirklich?"

„Ja", antwortete Matt zögernd. „Wenn Lyla wirklich verschwunden ist, dann müssen wir herausfinden, was passiert ist. Ich könnte mich ein bisschen umhören."

Sie lächelte voller Hoffnung, froh das jemand sie endlich ernst nahm.

„ Hör zu" sprach er weiter. „ Du solltest wissen das ich nicht immer Hausmeister war. Ich habe ein wenig Erfahrung mit solchen Dingen, aber viel mehr kann ich dir darüber nicht erzählen. Du wirst mir einfach vertrauen müssen und ich erwarte das du verstehst das das erst mal unter uns bleibt. Vielleicht ist ja auch am Ende alles gar nicht so schlimm und deine Freundin hat tatsächlich nur eine Auszeit gebraucht."

Sarah nickte, und ein kleines Lächeln huschte über ihre Lippen, ein Hauch von Erleichterung, dass sie nicht alleine war. „ Verstanden. Danke, Mr. Donovan."

„Keine Sorge", sagte er, „wir finden sie."

In diesem Moment wusste Matt, dass er sich vielleicht auf eine Geschichte eingelassen hatte die nicht zu einem Happy End führte. Aber eines war sicher: Wenn jemand die Wahrheit herausfinden konnte, dann er. Und er wollte nicht zulassen, dass einem Mädchen das gerade erst erwachsen wird unrecht widerfährt.

Kapitel 6

Matt saß auf dem schlichten Stuhl im Büro des Schuldirektors, der Raum war düster und erdrückend, als ob er selbst all die Geheimnisse dieser Schule beherbergte. Direktor Harris, ein mittelalter Mann mit einem charismatischen Gesichtsausdruck, saß hinter seinem Schreibtisch und studierte Matt mit einem durchdringenden Blick. Es war das erste Mal, dass Matt diesen Raum betrat. Doch er wollte herausfinden, was mit Lyla geschehen war. Und dafür brauchte er Informationen.

„Was führt Sie zu mir, Mr. Donovan?" fragte Direktor Harris mit einer ruhigen, aber fordernden Stimme.

„Mir wurde berichtet das eine Schülerin verschwunden ist und ich wollte wissen ob das bekannt ist bzw. die Polizei sich darum kümmert? " antwortete Matt.

Harris starrte ihn einen Moment lang an, als ob er die richtige Antwort abwägen wollte. „Ja das ist uns bekannt."

„Wenn ich fragen darf, muss man sich Sorgen machen?"

Clark Harris schaute Matt in die Augen. „Nein. Lyla war eine stille, unauffällige Schülerin", sagte er schließlich. „Sie hatte nie Probleme in der Schule, abgesehen von den üblichen Teenager-Dingern. Aber in den letzten Wochen… war sie ungewöhnlich zurückgezogen. Sie war in letzter Zeit öfter alleine, und ich hatte das Gefühl, dass sie mit etwas zu kämpfen hatte. Aber ich kann Ihnen nicht sagen, was genau das war. Es gab keine konkreten Anzeichen, dass sie in Gefahr war."

Matt nickte nachdenklich, sein Blick wanderte auf den Schreibtisch des Direktors. „Wissen Sie den, ob sie sich jemandem anvertraut hat? Vielleicht einem Lehrer oder einem Freund?"

„Das übliche, Mr. Donovan", antwortete Harris mit einem Hauch von Resignation. „Schüler sprechen nicht gerne über ihre Sorgen. Wenn sie etwas auf dem Herzen hatte, dann hat sie es für sich behalten. Die Lehrer haben nichts bemerkt, und ihre Freunde – nun, sie haben wohl auch nichts gesagt."

„Was ist mit Tim?" fragte Matt plötzlich, ohne weiter
darüber nachzudenken.

Harris' Gesichtsausdruck veränderte sich kaum, doch seine
Augen verengten sich ein Stück weit. „Tim?" wiederholte er.
„Das ist Lylas Exfreund, nicht wahr?"

„Ja, soweit ich weiß", sagte Matt, der sich nicht davon
abbringen ließ, so unauffällig wie möglich weiter zu bohren.
„Er spielt in der Footballmannschaft. Haben Sie in letzter
Zeit etwas Merkwürdiges bei ihm bemerkt?"

Direktor Harris seufzte und lehnte sich in seinem Stuhl
zurück, die Finger zusammengefaltet. „Tim ist ein
talentierter Schüler. Sehr gut im Football, seine Zukunft in
dem Sport scheint gesichert zu sein, wenn er weiter so spielt.
Aber ich muss Ihnen gestehen, Mr. Donovan, er ist ein
schwieriger Fall. Nach der Trennung von Lyla hat sich sein
Verhalten verändert. Er war immer etwas launisch, aber in
letzter Zeit wirkte er fast aggressiv. Besonders, wenn jemand
über Lyla sprach."

Matt nahm diese Information auf. Ein aggressiver Tim. Der
Gedanke, dass der junge Mann auf irgendetwas wie Wut
oder Enttäuschung reagieren könnte, ließ einen dunklen
Verdacht in ihm aufsteigen. Hatte er vielleicht etwas mit
Lylas Verschwinden zu tun?

„Konnte er das nicht überwinden?" fragte Matt, seine
Stimme ruhig, aber durchdringend. „War er wirklich so
besessen wegen der Trennung?"

„Es war nicht nur das", antwortete Harris nach einer Pause.
„Es gibt Gerüchte. Vielleicht sind sie nicht wahr, aber es
wird gemunkelt, dass Tim die Trennung nicht akzeptieren
wollte. Es hieß, er habe versucht, Lyla zurückzugewinnen,
aber sie wollte nicht mehr. Nach dem letzten Vorfall
zwischen den beiden… nun, da wurde er wütend."

Matt hob eine Augenbraue. „Und was genau war das für ein
Streit?"

Harris sah ihn lange an, als ob er den richtigen Moment abwägen wollte, um mehr zu sagen. „Ich weiß es nicht genau. Aber ich kann Ihnen sagen, dass Lyla in den Tagen vor ihrem Verschwinden sehr angespannt war. Sie sprach mit niemandem über Tim, aber ich hörte, wie sie in den Gängen über ihn geflüstert hat, fast so, als würde sie vor ihm fliehen wollen. Ob es nur um den Streit ging oder etwas anderes dahintersteckte... das weiß ich nicht. Aber es war definitiv etwas zwischen den beiden vorgefallen."

Matt überlegte kurz, dann zuckte er mit den Schultern. „Naja, geht mich ja auch nichts an", sagte er, als wolle er die Frage abtun. „Ich wollte nur wissen, ob und was unternommen wird."

Direktor Harris nickte, doch sein Blick blieb ernst. „Ich verstehe, dass Sie sich Sorgen machen, Mr. Donovan. Aber die Polizei ist mit dem Fall betraut und sofern uns nichts anderes mitgeteilt wird behandeln wir das Verschwinden um Lyla als ein ausreißen aus dem Alltag."

„Verstehe". antwortete Matt als er sich aus dem Stuhl erhob. „Vielen Dank für ihre Zeit. Ich werde mich jetzt wieder an meine Arbeit machen".

„Ach und Matt".

Er blieb auf dem Weg zur Tür stehen und drehte sich nochmals zum Direktor um.

„Seien Sie vorsichtig. Tim ist nicht jemand, mit dem man sich leichtfertig anlegt. Ich höre auch, was nach Schulschluss auf unseren Parkplätzen so passiert."

Matt wusste genau, was der Direktor damit meinte. Es war ein offenes Geheimnis was gestern nach Schulschluss passiert war.

Als er das Büro des Direktors verließ, fühlte sich Matt, als hätte er nur die Spitze eines Eisbergs entdeckt. Der Knoten, der sich in seinem Magen bildete, wurde immer enger. Es gab zu viele Fragen. Tim, der Exfreund mit einem unkontrollierbaren Temperament, war vielleicht der

Schlüssel dazu.

Kapitel 7

Der Schulhof war leer, als Matt den Parkplatz entlangging. Die Sonne stand tief am Horizont und warf lange Schatten über das Gelände. Ein kühler Wind wehte durch die Bäume, und Matt näherte sich dem Bereich, wo die Autos der Schüler geparkt waren.

Es war spät, die meisten Schüler waren längst verschwunden, und nur wenige Fahrzeuge standen noch hier. Ein paar Footballspieler hingen in Gruppen zusammen, unterhielten sich laut, tranken Softdrinks und lärmten. Matt wusste, dass er Tim hier finden würde.

Und da war er: Tim, mit seinen breiten Schultern und dem entschlossenen Blick. Er stand mit verschränkten Armen an einem der Pick-up Trucks. Als Matt näherkam, sah Tim auf und musterte ihn mit einem leichten Stirnrunzeln.

„Donovan", sagte er knapp. Kein „Hallo", kein „Was willst du?". Nur ein Ausdruck von Skepsis, der deutlich machte, dass er nicht wirklich Lust auf ein Gespräch hatte.

„Ich wollte mit dir sprechen", begann Matt ruhig und stellte sich vor Tim. „Es geht um Lyla."

Tim verzog das Gesicht, als hätte jemand ein heißes Eisen an seine Haut gedrückt. Er trat einen Schritt zurück, doch seine Augen funkelten auf eine Weise, die Matt das Gefühl gab, dass dieser Junge mehr wusste, als er zugab.

„Lyla ist verschwunden", fuhr Matt fort. „Ich weiß, dass ihr euch vor einiger Zeit getrennt habt, aber trotzdem... Ich will wissen, was du darüber weißt. Was ist passiert?"

Tim atmete tief durch und schüttelte den Kopf. „Sie ist nicht einfach verschwunden, murmelte er. „Sie ist gegangen. Und ich glaube, ich weiß warum."

Matt wartete geduldig, doch Tim zögerte, als ob er sich zwischen der Wahrheit und einer Lüge entscheiden musste.

„Was meinst du damit?", fragte Matt, seine Stimme ruhig,

aber drängend.

„Sie hat sich in jemanden anderen verliebt", sagte Tim, als ob es die einfachste Erklärung der Welt war. „Jemanden, den ich nicht kenne. Jemand, den sie geheim gehalten hat. Und jetzt ist sie einfach weg. Ich weiß es, ich fühle es." Tim ballte die Hände zu Fäusten und starrte auf den Boden. „Es gibt keinen anderen Grund, warum sie sich von mir getrennt haben könnte. Sie hat mich verarscht und wollte mir erzählen da gäb es niemand anderen.

Matt konnte sich ein Kopfschütteln nicht verkneifen. „Also denkst du, dass Lyla einfach nur mit einem neuen Freund abgehauen ist?" fragte er ungläubig. „Und du glaubst nicht, dass da mehr dahintersteckt?"

Tim sah ihm endlich in die Augen. „Was soll ich sonst glauben? Aber die Wahrheit ist, dass ich nicht dumm bin, Donovan. Ich kenne Lyla. Und ich weiß, dass sie nicht einfach verschwinden würde, ohne einen Grund. Sie ist weg, und dieser andere Typ hat etwas damit zu tun."

Matt wollte noch mehr fragen, doch Tim fuhr fort, ohne ihm die Chance zu geben, zu widersprechen.

„ Und Sarah will so tun als ob sie von all dem nichts wüsste. Lyla ist ihre beste Freundin und wird ihr mit Sicherheit etwas über den neuen erzählt haben."

Für einen Moment herrschte Schweigen zwischen ihnen. Matt dachte nach über die Worte von Tim und das, was er gerade gehört hatte.

„Ich verstehe", sagte Matt nach einer Weile. „Aber warum hast du Sarah eingeschüchtert, als sie dir gesagt hat, dass Lyla verschwunden ist. Warum hast du sie angeschrien?"

Tim zuckte die Schultern. „Sie war nicht die Einzige, die sich Sorgen gemacht hat", murmelte er, „aber sie ist auch die Einzige, die es nicht verstehen wollte."

Er stockte und ballte die Fäuste. „Ich wollte sie nur wachrütteln. Ich wollte das sie zugibt wer Lylas neuer Typ ist und wo die beiden hin sind."

„Es geht doch nichts über Eifersüchtige Vollidioten", sagte Matt ruhig. „Hör zu, Sarah hat gute Gründe, sich Sorgen zu machen."

Tim sah ihn einen Moment lang an, bevor er den Kopf schüttelte. „Ich mache mir auch Sorgen, Donovan. Wirklich."

Matt konnte es in Tims Augen sehen. Vielleicht war er nicht der Typ, der alles so schnell zugab, aber irgendwo in ihm war eine Wahrheit, die ihn quälte. Es war offensichtlich das er gekränkt war wegen der Trennung und wütend weil es vielleicht einen Nebenbuhler gab aber es war auch ganz klar das er immer noch an diesem Mädchen hing. Matt hatte das sichere Gefühl das Tim nicht wollte das Lyla etwas schlimmes zustößt.

„Hör zu", sagte Matt und trat einen Schritt näher, „wir müssen gemeinsam herausfinden, was mit Lyla passiert ist. Wenn du auch glaubst, dass sie in Gefahr sein könnte, dann sind wir auf derselben Seite. Aber du musst mir vertrauen, wenn es darum geht, die richtigen Dinge zu tun. Und du musst aufhören, dich als gekränkter Gockel aufzuführen."

Tim starrte ihn lange an, doch irgendwann nickte er, wenn auch widerwillig. „Ich will nur, dass sie sicher ist", murmelte er. „Und wenn ich irgendwas tun kann, um dabei zu helfen, dann werde ich es tun."

Kapitel 8

Matt fuhr langsam durch die Straßen der kleinen Stadt. Das Sheriff's Department war am Rande der Stadt gelegen, ein schlichtes, zweigeschossiges Gebäude, das kaum auffiel, wenn man nicht wusste, was dahinter steckte. Als Matt vor dem Gebäude parkte, stieg er aus und machte sich auf den Weg zum Haupteingang.

Der Sheriff, Cody Miller, war ein Mann in den dreißigern und einem ernsten Gesicht. Schon bei einem vorherigen Treffen hatte Matt gemerkt, dass Miller nicht viel Zeit mit Small Talk verschwendete.

„Mr. Donovan", begrüßte ihn Sheriff Miller mit einem kurzen Nicken, als Matt das Büro betrat. „Was führt Sie zu mir?"

„Es geht um ein Mädchen", begann Matt, und seine Stimme wurde ernster, als er die Worte aussprach. „Lyla. Sie ist seit ein paar Tagen verschwunden, und niemand weiß, wo sie ist. Ich wollte sicherstellen, dass Sie informiert sind."

Sheriff Miller nickte, als ob er bereits wusste, was Matt sagen würde. „Ich weiß schon darüber Bescheid", sagte er ruhig. „Wir haben den Fall bereits aufgenommen. Die Eltern wurden informiert, und ich habe einige Ermittlungen eingeleitet. Aber bisher gibt es keine neuen Hinweise."

Matt tat überrascht. „Sie wussten also schon, dass Lyla vermisst wird?"

„Ja", antwortete der Sheriff, „aber es ist nicht das erste Mal, dass so etwas hier passiert. Sie wissen, wie das ist. Viele Fälle wie dieser verlaufen im Sande bis das Kind plötzlich reumütig wieder auf der Fläche erscheint." Seine Stimme war ruhig, aber es lag ein Hauch von Resignation darin.

„Aber es gibt auch andere Fälle, oder?" fragte Matt, seine Stimme drängender. Er hatte das Gefühl, dass der Sheriff mehr wusste, als er zugab.

Miller lehnte sich zurück und verschränkte die Arme. „Ja das stimmt. Wir haben damals ein paar unerfreuliche Dinge herausgefunden, als es um ein anderes Mädchen ging. Vor etwa fünf Jahren ist ein Mädchen namens Amy ebenfalls spurlos verschwunden. Auch damals gab es keine Spuren, keine Hinweise, wo sie hingegangen sein könnte."

„Amy?", fragte Matt, überrascht von der Ähnlichkeit der Fälle. „Was ist damals passiert?"

Sheriff Miller seufzte. „Amy war das Mädchen einer Familie hier in der Gegend. Sie war noch jung, gerade 16, als sie verschwand. Keine Nachricht, kein Anruf. Einfach weg. Wir haben damals alles durchkämmt – die Stadt, die Umgebung, die Freunde von Amy – aber es gab keinen Hinweis wohin sie gegangen sein könnte."

„Hat sich später irgendetwas herausgestellt?", fragte Matt.

„Zunächst sah es nach einem Fall von Flucht aus", erklärte der Sheriff. „Sie hatte Konflikte zu Hause, und es gab Gerüchte, dass sie einen älteren Freund hatte, der sie vielleicht mitgenommen hatte. Aber je mehr wir gruben, desto merkwürdiger wurde es. Wir haben die Spur in Richtung eines Mädchenhändler-Rings verfolgt, und es gab Verdachtsmomente gegen den Footballtrainer der Schule, Coach Harrison."

Matt zog eine Augenbraue hoch. „Coach Harrison? Der Trainer der Footballmannschaft?"

„Ja, genau der", antwortete Miller. „Er war damals in Verdacht geraten, weil einige der Mädchen, die er betreute, über unangemessenes Verhalten berichteten. Es gab auch Gerüchte, dass er Kontakte zu zwielichtigen Personen hatte. Aber wir hatten nie genug Beweise, um eine Anklage zu erheben. Und am Ende wurde der Fall ad acta gelegt."

„Das klingt nach einem Albtraum", sagte Matt nach einer kurzen Pause. „Also gab es eine Verbindung zwischen dem Trainer und Amy`s verschwinden?"

„Es war nie wirklich klar, aber es gab viele Verdachtsmomente", sagte Miller. „Gerade weil Amy kurz vor ihrem Verschwinden viel Zeit mit dem Footballteam verbracht hat. Aber wie gesagt, es gab nie genügend Beweise, um ihn direkt zu beschuldigen. Es wurde als eine Reihe von Zufällen abgetan. Der Coach selber hat sich nie dazu geäußert und drohte mit seinem Anwalt sollten diese wie er meinte Verleumdungen öffentlich gemacht werden. "

Matt dachte darüber nach.Vielleicht war es nur ein großer Zufall, aber wenn nicht... Wenn es eine Verbindung gab, dann hatte er es mit etwas Größerem zu tun als nur einem vermissten Mädchen.

„Und glauben Sie, dass es diesmal auch etwas mit dem Trainer zu tun haben könnte?" fragte Matt.

„Es ist schwer zu sagen", sagte Miller und lehnte sich nach vorne. „Aber es gibt eine beunruhigende Ähnlichkeit.

Matt sah den Sheriff einen langen Moment an. Er überlegte ob es Sinn machte die Karten jetzt schon auf den Tisch zu legen. Dann beschloss er das es nichts zu verlieren gab. „Cody, darf ich Sie so nennen?" fragte er schließlich.

Miller nickte.

„Sie wissen doch, dass ich nicht immer als Hausmeister hier gearbeitet habe, oder?"

„Ja", antwortete der Sheriff. „Das ist mir bewusst. Ich weiß, dass Sie nach Ihrer Football-Karriere die Stadt verlassen haben und erst vor etwa einem halben Jahr wieder zurückgekommen sind."

„Das ist korrekt", bestätigte Matt. „In der Zwischenzeit habe ich, nun ja, sagen wir, für die Regierung gearbeitet. Ich habe also ein wenig Erfahrung mit solchen Problemen und vielleicht wäre das ja ok für sie wenn ich mich etwas auf eigene Faust umhöre."

„Was genau?" fragte Cody. Matt zögerte irritiert.

„Was genau haben Sie für die Regierung getan?"

„Nun", antwortete Matt, „ich war beim Innenministerium.

Ich habe unter anderem Close Protection und verdeckte Operationen durchgeführt. Vor allem aber habe ich gelernt, Dinge und Menschen aufzuspüren."

Der Sheriff schwieg und blickte nachdenklich vor sich hin. Dann sah er Matt an und sagte schließlich: „Also gut. Mehr muss ich wohl nicht wissen. Und in der Tat, es ist nicht unwahrscheinlich, dass Sie an der Schule mehr hören, als wir hier auf der Straße erfahren."

„Danke, Sheriff", sagte Matt schließlich. „Ich werde sehen, was ich herausfinden kann. Vielleicht ist es Zeit, einige Dinge aus der Vergangenheit noch einmal genauer anzusehen."

Sheriff Miller nickte stumm, als Matt das Büro verließ.

Kapitel 9

Matt kam nach einem langen, anstrengenden Tag endlich zu Hause an. Die Dämmerung kroch langsam über die Stadt. Als er die Tür öffnete, begrüßte ihn sofort das vertraute, tiefe Bellen seines Hundes, Scott. Der Hund sprang aufgeregt auf und ab, wedelte mit dem Schwanz und stieß einen freudigen Laut aus. Matt schloss die Tür hinter sich und kniete sich zu ihm hin.

„Hey, alter Junge", murmelte er, als er Scott kraulte. „Ich hab dich auch vermisst."

Der Hund schien es zu verstehen und legte seinen Kopf zufrieden in Matts Hände. Es war immer wieder ein Trost, nach einem harten Tag nach Hause zu kommen und die bedingungslose Zuneigung von Scott zu erfahren. In den letzten Jahren war der Hund sein treuester Begleiter gewesen, besonders nach dem Ende seiner Dienstzeit. Ein treuer Freund, der immer da war.

Er ging in die Küche. Im Kühlschrank stand noch eine halbe Flasche Vodka. Matt schenkte sich einen großen Schluck ein und setzte sich an den Tresen. Doch anstatt sich einfach nur zu entspannen, spürte er, wie die Gedanken des Tages ihn verfolgten. Das Gespräch im Büro des Sheriffs war zwar hilfreich gewesen, doch der Fall, schien immer undurchsichtiger zu werden. Er grübelte über das was Direktor Harris ihm erzählt hatte und versuchte zu ergründen ob es parallelen zu Lyla und dem ungelösten verschwinden von Amy vor fünf Jahren gab.

Matt nahm sich vor, etwas zu essen kochen, um den Kopf freizubekommen. Er entschied sich für eine schnelle Mahlzeit – Nudeln mit Huhn und Sahnesoße. Während er die Zutaten vorbereitete, griff er nach seinem Handy und scrollte durch die Kontakte. Einen alten Freund hatte er schon lange nicht mehr gesprochen. Jemand, dem er in der Spezialeinheit vertraut hatte und der immer bereit gewesen war, ihm aus der Patsche zu helfen.

Er wählte die Nummer von John, einem ehemaligen

Kameraden, der inzwischen als Privatdetektiv arbeitete. Das Telefon klingelte nur einmal, bevor John abnahm.

„Matt! Es ist ewig her", sagte John mit seiner tiefen, rauen Stimme. „Was gibt's?"

„John, es tut mir leid, dich so spontan anzurufen. Aber ich brauche deine Hilfe bei etwas. Es geht um einen alten Fall. Irgendetwas stimmt da nicht, und ich komme einfach nicht weiter. Ich weiß, dass du Zugang zu einigen alten Akten hast. Ich dachte, vielleicht kannst du mir helfen."

John schwieg einen Moment. „Klingt nach etwas Großem, Matt. Was für ein Fall? Haben sie dir als Hausmeister Graffiti an die Wand gesprüht?"

Matt konnte das Grinsen seines Freundes durchs Telefon spüren.

„Es geht um einen Vorfall vor ein paar Jahren", erklärte Matt ohne auf die Spitze über seinen Job zu reagieren. Ich bräuchte deine Hilfe, um ein paar Informationen zu bekommen, die nicht öffentlich sind. Es geht um eine Ermittlung, wegen eines verschwundenem Mädchens. Ich habe das Gefühl, dass mehr dahinter steckt, als man mir gesagt hat."

John seufzte, als ob er die Schwere der Situation verstand. „Ich weiß, dass du nicht leichtfertig nachfragst, Matt. Ich werde sehen, was ich tun kann. Ich werde mich umhören und sehen, ob ich die nötigen Akten finde. Aber es wird vermutlich nicht einfach, und du weißt, dass das unter uns bleiben muss!

Matt nickte, obwohl John das nicht sehen konnte. „Ich weiß Bruder, aber du bist der Einzige, den ich fragen kann. Auf der alten Dienststelle haben sie mich längst vergessen. Aber ich muss wissen, was damals wirklich passiert ist. Hier gibt es erneut ein vermisstes Mädchen und ich habe versprochen zu helfen. Vielleicht gibt es eine Verbindung die mir weiter hilft."

„Okay, ich mache, was ich kann. Gib mir ein paar Tage.

Aber schon verrückt wie du deine neue Arbeit interpretierst, Matt. Schick mir alles was du über den alten Fall weißt über eine sichere Leitung und ich mache mich direkt morgen früh an die Arbeit.

„Danke, John. Und ich hoffe wir sehen uns bald", sagte Matt und beendete das Gespräch.

Als er das Handy beiseite legte, fiel sein Blick auf Scott, der in der Nähe lag und ihn neugierig anschaute. Matt atmete tief durch. Er war gespannt wo das alles hinführen würde. Doch er wusste auch das er bereit sein würde. Der Duft des Essens erfüllte die Küche, und für einen Moment schien alles wieder im Einklang zu sein.

Kapitel 10

Nachdem er gegessen hatte, schnappte sich Matt seine Zigaretten und goss sich ein ordentliches Glas ein. Er ging zur Haustür und rief nach Scott. Gemeinsam gingen sie in den Garten, und Matt nahm einen Ball vom Boden und warf ihn. Scott düste los wie eine Rakete. Matt setzte sich auf die Bank und zündete sich eine Zigarette an. Gedankenverloren schaute er dem Hund zu, wie er den Ball durch das Gras jagte.

Plötzlich nahm er das Geräusch der Klingel wahr. „Im Garten!", rief er nur, während er sich fragte, wer um diese Uhrzeit noch bei ihm vorbeischauen würde. Natürlich dachte er sich, als er Julia um die Ecke kommen sah. Wer sonst? Scott rannte sofort auf sie zu und sprang freudig an ihr hoch. „Verräter", dachte Matt schmunzelnd, während er den Hund und Julia beobachtete.

Die schlanke Brünette kam, begleitet von Scott, auf ihn zu. Sie küssten sich, obwohl sie kein Paar mehr waren, und Julia setzte sich neben ihn.

„Wie geht's dir?", fragte sie, ihre Stimme ein wenig besorgt.

„Alles wie immer", antwortete Matt knapp.

„Aha, deswegen warst du also bei der Polizei, nehme ich an?"

Matt schaute sie irritiert an. „Was auch immer du glaubst zu wissen, so ist es nicht."

„Mein Lieber, ich kenne dich zu lange, um nicht eins und eins zusammenzuzählen", erwiderte sie mit einem scharfen Blick. „Ich weiß, dass ein Mädchen an deiner Schule vermisst wird. Also versuch mir bitte nicht zu erzählen, dass dein Besuch beim Sheriff nichts damit zu tun hat."

„Bist du deswegen hier?", entgegnete er scharf. „Ich dachte, über dieses Stadium sind wir längst hinaus. Und es geht dich schlicht und ergreifend auch einfach nichts an."

„Natürlich geht es mich etwas an, wenn du schon wieder mal

meinst, alles sei wichtiger als du selbst. Wie lange willst du noch den Helden spielen?"

„Ich spiele gar nichts, und das Gespräch ist vorbei", antwortete Matt ruhig. „Oder hast du noch andere Fragen?"

Julia starrte ihn mit einem Blick aus Wut und Sehnsucht an. „Nein, du Idiot, Fragen habe ich keine mehr. Komm jetzt." Sie stand auf und ging entschlossen ins Haus.

Matt lächelte, ein leises, ungläubiges Lächeln. Das war eine unerwartete Wendung.

Julia reckte sich und dehnte die Arme über dem Kopf. Um diese Jahreszeit war es noch angenehm warm, sodass sie nur von einem leichten Betttuch umhüllt dalag. „Ich mache mir Sorgen", sagte sie leise.

Matt antwortete nicht.

„Ich verstehe nicht, warum du es nicht einfach gut sein lassen kannst. Warum musst du dich schon wieder in einen Fall stürzen? Du bist jetzt Hausmeister", fuhr sie fort, ihre Stimme von einer Mischung aus Besorgnis und Frustration durchzogen.

„Weil ich vermutlich die größte Chance bin, die das Mädchen hat um gefunden zu werden. Und es offensichtlich niemand sonst tut", erwiderte Matt.

„Du kannst es einfach nicht akzeptieren, oder? Endlich abschließen und nach vorne schauen."

Er warf einen Blick auf sie, wie sie dort lag, nur von einem hauchdünnen Tuch bedeckt. Ihre Silhouette zeichnete sich im schwachen Licht des Mondes ab, und die unbedeckten Stellen ihrer Haut schimmerten im Nachtschimmer. Er spürte eine Mischung aus Sehnsucht und innerer Unruhe.

„Erwartest du wirklich von mir, dass ich zuschaue, während ich vielleicht helfen kann? So ein Mann bin ich nicht", sagte er mit einem Hauch von Entschlossenheit. „Und wäre ich so, würdest du jetzt nicht neben mir liegen."

Julia schwieg. Sie lag einfach nur da und starrte ihn an.

Dann zog sie das Tuch von sich, rückte ganz dicht an ihn und legte ihren Kopf an seine Brust. „Ich mache mir einfach nur Sorgen um dich", flüsterte sie. Ihre warme Haut schmiegte sich an seinen nackten Körper. „Du weißt, dass ich das immer tun werde."

Matt atmete tief ein, den Moment der Nähe und Zuneigung spürend, aber auch das Ziehen der Gedanken, die ihn nicht losließen.

Lyla starrte ebenfalls hinaus ins Mondlicht, ihre Gedanken wirbelten um sich selbst wie ein unaufhörlicher Sturm. Der silberne Schein des Mondes fiel sanft auf das kleine Zimmer unter dem Dach, in dem sie sich jetzt befand. Es war ein Raum mit schrägen Wänden, spärlich möbliert, aber sauber und ruhig. Der Duft von frischer Bettwäsche mischte sich mit dem fernen, leisen Rauschen des Windes, der draußen an den Fensterläden rüttelte.

Vor kurzem war sie noch in einem dunklen Keller gewesen, eingesperrt und verängstigt, doch jetzt fühlte sich alles anders an. Sie hatte sich duschen können, das kühle Wasser war ein wohltuender Trost auf ihrer erhitzten Haut. Und dann hatte sie etwas zu essen bekommen – ihre Wahl, als ob es das Selbstverständlichste auf der Welt war. Die Behandlung war freundlich, beinahe fürsorglich. Wurde vielleicht doch alles gut? War dies nur eine kurze Phase des Leidens, die nötig war, um mit ihrer großen Liebe vereint zu sein? Der Beginn einer gemeinsamen Zukunft? So hatte er es ihr erklärt.

„Vertrau mir, Lyla", hatte er gesagt, mit einer Stimme, die gleichzeitig sanft und fest war. „Du bist hier sicher. Alles wird gut."

Und sie hatte ihm vertraut. Es war nicht nur das Versprechen in seiner Stimme, das ihr Sicherheit gab, sondern auch das

Gefühl, das sie in seiner Nähe hatte. Obwohl sie sich erst vor kurzer Zeit gefunden hatten, hatte sich alles so vertraut angefühlt. Wie ein Puzzleteil, das plötzlich an seinen Platz fiel. Sie kannte ihn schon lange, oder zumindest hatte sie geglaubt, ihn zu kennen. Aber in den letzten Tagen, seitdem sich ihre Wege endgültig gekreuzt hatten, hatte sie ihn plötzlich in einem ganz anderen Licht gesehen. In einem Licht, das ihr alles erklärte.

Es fühlte sich an, als ob sie sich schon immer gekannt hätten, als ob sie schon immer zusammengehört hätten. Als ob ihre Seelen miteinander verwoben waren, seit sie das erste Mal in diesem Leben oder vielleicht sogar in einem anderen sich begegnet waren. Es war ein unbestimmtes, aber mächtiges Gefühl, das tief in ihr drin wuchs. Vertrauen, das sie niemals zuvor in ihrem Leben gefühlt hatte.

Vielleicht war es genau das, was sie brauchte. Vielleicht war es der Weg zu einer Zukunft, die sie sich immer gewünscht hatte, aber nie für möglich gehalten hatte. Die Dunkelheit der letzten Tage, das Leid, die Ängste – vielleicht waren sie nur ein notwendiger Übergang, ein Schritt, der sie näher zu dem gebracht hatte, was jetzt vor ihr lag.

Lyla schloss die Augen und atmete tief ein. Es war ein seltsames Gefühl von Ruhe und Unsicherheit zugleich. Der Mond stand hoch am Himmel, und sie fühlte sich, als ob sie in dieser Nacht zu etwas Größerem erwachte, etwas, das jenseits ihrer Vorstellungskraft lag. Aber trotz der Ängste und der Fragen, die noch immer in ihrem Inneren umherwirbelten, war da auch ein Gefühl von Hoffnung.

Sie würde ihm vertrauen. Und wenn sie sich in dieser Dunkelheit verloren fühlte, würde sie sich an ihm festhalten – an der Liebe, die er ihr versprach, an der Zukunft, die er ihr schenkte. Vielleicht war dies der Anfang von etwas Großem, von etwas, das ihr ganzes Leben verändern würde.

Kapitel 11

Matt stand vor dem Spiegel im kleinen Umkleideraum der Schule. Die Wände waren bedeckt mit verblassten Bildern von vergangenen Mannschaften und Pokalen, die längst Staub angesetzt hatten. Der Raum roch nach Leder, Schweiß und Jahren harter Arbeit. Als Hausmeister war er es gewohnt, in den Hintergrund zu treten, Dinge zu reparieren, zu reinigen, aber nie im Mittelpunkt zu stehen. Doch heute war es anders.

Er hatte sich überlegt Mitglied im Trainerstab zu werden um so näher beim Coach zu sein. Matt war selbst ein ehemaliger Spieler. Damals hatte er, wenn auch nur kurz, in der ersten Liga gespielt, bevor er sich mit einer Verletzung verabschieden musste. Den Entschluss seinen Lebenslauf zu nutzen um innerhalb der Mannschaft seine Nachforschungen zu beginnen hatte er am Morgen gefasst. Coach Harrison – der Mann, der verdächtigt wurde, er könnte etwas mit dem mysteriösen Verschwinden von Amy zu tun zu haben – war immer wieder in seinen Gedanken. Was wusste dieser Mann? Matt konnte das Gefühl nicht abschütteln, dass mehr hinter der Fassade des erfolgreichen Trainers steckte, als es auf den ersten Blick zu erkennen war.

Er hatte gehört das Coach Harrison ausgerechnet jetzt zu einem so entscheidenden Moment in seiner Karriere zurücktreten wollte. Matt hatte auch darüber nachgedacht und fand das ganze sehr ungewöhnlich. Er bezog die Möglichkeit in Betracht das dies mit dem aktuellen verschwinden Lylas in Zusammenhang stecken könnte.

Als er den Raum verließ und den Flur entlangging, hörte er das Rufen der Spieler, die auf dem Spielfeld trainierten. Der Klang von harten Hits, der Ball, der in die Luft flog, und die Anfeuerungsrufe. Matt schritt zielstrebig in Richtung des Trainingsgeländes.

Als er auf den Platz trat, sah er sofort Coach Harrison, der mit einem Teil der Spieler über die Taktik sprach. Der Mann strahlte Autorität aus, und seine Stimme war fest und bestimmt, während er den jungen Athleten Anweisungen gab. Aber Matt spürte auch eine Dunkelheit hinter den Augen des Trainers.

„Hey, Coach", rief Matt, als er sich dem Trainer näherte.

Coach Harrison drehte sich um und schickte ihm ein freundliches, aber etwas müdes Lächeln. „Matt, mein Freund. Was kann ich für dich tun?"

„Ich wollte mit dir über das Team sprechen", sagte Matt und trat näher. „Ich hab mir überlegt, ob das Team nicht Verwendung für einen alten Haudegen wie mich hätte."

Coach Harrison hob eine Augenbraue und trat einen Schritt näher. „Oh? Das ist interessant. Wie kommt`s?"

Matt zuckte mit den Schultern und versuchte, so entspannt wie möglich zu wirken. „Ich habe in meiner Karriere ja einiges an Erfahrung sammeln können. Ich habe ein gutes Auge für Spieler, ihre Stärken und Schwächen. Vielleicht könnte ich dir bei der Trainingsplanung oder bei der mentalen Vorbereitung helfen. Wer weiß?"

Coach Harrison dachte nach. Er blickte Matt prüfend an. „Das könnte tatsächlich ein Gewinn für uns sein. Du hast den Blick fürs Detail und die Erfahrung aus deiner eigenen Zeit als Spieler. Ich kann mir gut vorstellen, dass du mit den Jungs zurechtkommst. Wir könnten Nutzen daraus ziehen. Außerdem… ich denke, die Jungs würden es zu schätzen wissen, jemanden wie dich an ihrer Seite zu haben. Du bist jemand, den sie respektieren, Matt."

„Ich hoffe, dass ich was beitragen kann", antwortete Matt, wobei er den Coach nicht aus den Augen ließ.

Coach Harrison seufzte und trat einen Schritt zurück. „Allerdings habe ich gehört du und unser QB hatten auf dem Parkplatz einen kleinen Disput. Ich brauche keinen Ärger innerhalb des Teams."

Matt konnte ein kleines Lächeln nicht unterdrücken. „Gut das du es erwähnst. Tim und ich haben keine Probleme miteinander. Im Gegenteil. Dadurch bin ich überhaupt erst auf die Idee gekommen" log er.

Wieder musterte der Coach ihn.

„ Als ich sah wie der Junge sich verhalten hat dachte ich mir so etwas gab es zu meiner Zeit nicht. Und vielleicht kann ich den Spielern vermitteln wie es in den guten alten Zeiten so ablief." Matt wusste mit diesem Satz könnte er Coach Harrison überzeugen.

Und tatsächlich. Der Coach lächelte. „ Also gut Matt Donavon. Ein bischen Blut und Schweiß können die Jungs sicher gut vertragen. Du bist ab sofort Assistent des Head Coachs und Mädchen für alles. Wenn du wirklich Teil der Mannschaft sein willst geht es morgen zum Nachmittags Training los.

Matt nickte und beide gaben sich die Hand. „ Willkomen im Team", sagte Coach Harrison übertrieben laut. „ Schön dabei zu sein" antwortete der neue Assisent Coach und sprach ebenso übertrieben.

Als er sich umdrehte, um wieder zu den Umkleiden zu gehen, wusste Matt das der erste Schritt getan war. Jetzt hatte er die Gelegenheit mehr über die Rolle des Coaches beim Verschwinden des Mädchens heraus zu finden.Vielleicht war dies ein Schritt in die richtige Richtung. Als nächstes musste er mit Sarah sprechen.

Kapitel 12

Der Tag war noch jung und Matt schritt den Weg entlang, der ihn zum Park neben der Schule führte. Der Platz war ruhig, nur vereinzelt saßen einige Schüler auf Bänken oder lagen im Gras. Doch Matt hatte ein Ziel: Sarah. Er hatte herum gefragt und erfahren, dass sie oft hierherkam, wenn sie nachdenken oder alleine sein wollte.

Er fand sie auf einer der Bänke am Rand des Parks, den Blick auf den weitläufigen Schulhof gerichtet. Ihre langen, blonden Haare wehten leicht im Wind, und die Arme waren über die Bank gelegt, als ob sie die Ruhe genießen wollte. Doch als sie Matt kommen sah, setzte sie sich aufrechter hin, als hätte sie gewusst, dass er irgendwann auftauchen würde.

„Sarah", sagte Matt und setzte sich neben sie.

„Mr. Donavon", antwortete sie mit neugieriger Stimme. „ Haben sie schon etwas herausfinden können"?

„Vielleicht, aber ich muss mit dir sprechen", begann er ohne Umschweife. „Es geht um Coach Harrison. Ich muss wissen, was du über ihn weißt.

Sarah schien für einen Moment zu zögern. Sie betrachtete die grauen Steine auf dem Boden, als überlegte sie, wie sie ihre Antwort formulieren sollte. Dann drehte sie sich zu ihm. „Ich weiß nicht viel, wirklich nicht. Aber es gibt diese Gerüchte. Sie wissen schon, dass es immer ein bisschen komisch war mit ihm. Niemand wirklich wusste, was er dachte oder tat, und dann plötzlich war er immer bei den Mädchen, als ob er sie… kontrollieren wollte."

Matt nickte. „Ich hatte das Gefühl, dass da mehr war. Es wird viel geredet. Hast du das Gefühl, dass er etwas mit Lylas Verschwinden zu tun hat?"

„Ich… weiß nicht. Er hat nie etwas direkt gesagt, aber ich habe oft das Gefühl gehabt, dass er Lyla schon sexy fand. Sie wissen schon Blicke von denen er dachte das niemand sie sehen würde. Er tauchte auch plötzlich oft an Orten auf wo wir waren, und so klein ist diese Schule ja wirklich nicht das es nur Zufall gewesen sein könnte. Aber Lyla? Sie war nie wirklich der Typ, der sich in diese Art von Sachen verstrickte. Sie hatte ihren eigenen Kopf."

Matt dachte nach, versuchte, jedes Wort, das Sarah sagte, zu analysieren. „Und was weißt du über Lyla? Wann wurde sie zuletzt gesehen, und wo?"

Sarah zog ihre Knie leicht an und blickte nachdenklich ins Gras. „Lyla...", sagte sie schließlich. „Ich habe sie in den letzen Wochen nicht mehr so oft gesehen, aber ich weiß, dass sie zuletzt beim Cheerleading war. Aber ich weiß nicht, wo sieh von da aus hingegangen ist um ehrlich zu sein. Ich habe vermutet, dass sie mit jemandem neuen zusammen war..."

Matt zog die Augenbrauen zusammen. „Ein Freund?"

Sarah nickte. „Ja, ein neuer Freund. Ich hab ihn noch nie gesehen und kann es nicht mit Gewissheit sagen aber Lyla hat immer mysteriös über jemanden gesprochen, als wäre er... besonders. Ich weiß nicht, was genau das bedeutet, aber es war immer ein bisschen seltsam. Sie hat sich irgendwie ganz plötzlich verändert. Aber wie gesagt, er blieb immer im Hintergrund. Niemand weiß viel über ihn."

„Was weißt du über ihn? Was für ein Typ ist er?", fragte Matt, der sich schon eine klare Vorstellung von diesem mysteriösen neuen Freund machte.

Sarah schüttelte den Kopf. „Nicht viel. Lyla wollte nie so richtig darüber reden. Sie war immer ein bisschen geheimnisvoll, wenn es um ihn ging. Aber ich habe das Gefühl, dass er älter wie wir sein muss."

Matt stand auf und sortierte die Infos in seinem Kopf. Lyla hatte also vermutlich einen neuen Freund, einen Freund im Hintergrund der auch noch älter war als sie. Deshalb vielleicht die Geheimniskrämerei? War ihr Verschwinden damit verbunden?

„Ich werde mich weiter umhören", sagte Sarah, als ob sie

seine Gedanken erraten hätte. „Vielleicht gibt es mehr, was ich herausfinden kann. Es muss etwas geben, das uns weiterhilft."

Matt nickte. „Gut. Aber sei vorsichtig. Im Moment wissen wir noch so gut wie nichts und somit auch nicht worauf wir uns hier einlassen.

Sarah sah ihn mit einem Blick an, der mehr sagte, als Worte es je hätten tun können. „Das ist genau der Punkt. Ich will wissen, was passiert ist. Und ich will das es Lyla gut geht".

„Das verstehe ich", murmelte Matt, während er einen Zettel und Stift nahm um seine Telefonnummer zu notieren.
„ Hier" sagte er und reichte Sarah die Nummer. Ruf mich an wenn dir noch etwas einfällt oder du etwas hörst."

Es war klar, dass er bald Antworten brauchte. Der mysteriöse Freund, Coach Harrison, die Geheimnisse, Tim der Ex Freund – alles könnte miteinander verknüpft sein. Und wenn es so wäre würde er die Verbindungen aufdecken müssen.

Kapitel 13

Matt saß hinter dem Steuer seines alten Trucks, die Hände locker am Lenkrad. Er hatte sich ein paar Burger gekauft und war zu einem Berg in der Nähe gefahren. Von dort hatte er Ausblick auf die gesamte Stadt. Er musste nachdenken. Was wusste er bis jetzt?

Lyla war verschwunden. Einfach so. Niemand wusste, wo sie war oder warum sie gegangen war. Und der einzige Hinweis, den er hatte, war ein mysteriöser neuer Freund, von dem niemand wirklich etwas wusste – nicht einmal ihre engsten Freunde. Lyla hatte ihn offenbar kurz vor ihrem Verschwinden kennengelernt, doch niemand hatte den Mann je gesehen. Es war, als wäre er aus dem Nichts aufgetaucht. Und doch hatte er einen so starken Einfluss auf sie gehabt, dass sie ihre gewohnte Welt vermutlich hinter sich ließ. „Warum dieser Typ? Was hat er mit Lyla gemacht?", fragte sich Matt erneut. War sie der Typ Frau, der sich einfach so von jemandem in den Bann ziehen ließ.

Matt schloss die Augen und lehnte sich zurück. „Was zur Hölle ist hier los?", murmelte er leise. Er hatte viel darüber nachgedacht, aber je mehr er versuchte, ein Bild zusammenzusetzen, desto mehr zerbrach es ihm vor den Augen. Jeder Hinweis führte zu mehr Fragen und keinen Antworten.

Er dachte an Tim, Lylas Ex. Der Junge war nicht gerade begeistert von dem, was passiert war. Er hatte Matt kürzlich erzählt, dass er das Gefühl gehabt hatte, Lyla hätte jemand anderen kennengelernt, bevor sie verschwand. Die Eifersucht, die er zeigte, hatte etwas Tragisches an sich, aber auch etwas, das Matt nicht losließ. Er dachte nach und entschied er müsse mehr über den vermeintlichen Streit herausfinden von dem Direktor Clark Harris im erzählt hatte.

Matt konnte Tims Enttäuschung und Frustration noch immer in seinen Ohren hören. Es war, als hätte er nicht nur seine Freundin verloren, sondern auch die Kontrolle über sie. Matt verstand, dass es schwer war, das zu akzeptieren – zu sehen, wie jemand, den man geliebt hatte, sich von einem abwandte und von einem unbekannten Fremden angezogen fühlte. Aber Matt konnte sich nicht in Tim hineinversetzen, auch wenn er wusste,dass Tim nicht ganz unrecht hatte. Es war verdächtig. Zu verdächtig.

Matt seufzte und ließ das Lenkrad los, seine Finger strichen über den Schlüssel, der immer noch in der Zündung steckte. Er dachte an all die Stunden, die er nun mit Grübeln verbrachte, während draußen der Abend dämmerte und die Straßen von Schatten überzogen wurden. Wo war Lyla? Und vor allem: Was wusste dieser neue Freund? Ohne zu wissen wie er das anstellen sollte, musste Matt herausfinden wer dieser Kerl ist.

Matt griff nach dem Handy, das neben ihm auf dem Beifahrersitz lag. Er öffnete die Nachrichten, dann blieb sein Blick an einem kurzen Text hängen – eine Nachricht von Sarah. Sie hatte ihm geschrieben, dass sie sich weiterhin umhören würde, aber auch sie hatte noch keine Neuigkeiten.

Matt drückte auf die Voicemail-Taste und nahm das Handy an den Mund. Die Nachricht, die er aufnahm, war präzise, aber auch von einer unterschwelligen Dringlichkeit durchzogen. „Hey Sarah, danke für die Info. Ich brauche deine Hilfe. Und zwar muss ich wissen, weshalb Tim und Lyla sich kurz vor ihrem Verschwinden gestritten haben und weshalb sie anscheinend Angst vor ihm hatte."

Er legte auf, das Handy in der Hand, und starrte auf den Bildschirm. Dann, endlich, blinkte das Handy auf – eine Nachricht von Sarah.

„Hallo Mr. D.", las er laut. „Lyla hat sich ja in letzter Zeit etwas zurückgezogen, und deshalb habe ich nicht alles mitbekommen. Aber was ich gehört habe, war, dass Tim behauptet hat, zu wissen, wer ihr Neuer ist, und das hat ihr wohl Angst gemacht. Ich denke, sie wollte es lieber weiter geheim halten."

„Interessant", dachte sich Matt. Hatte Tim ihm nicht gerade noch gesagt, dass er nicht wüsste, wer der vermeintlich neue

Freund an Lylas Seite war? Das passte nicht zusammen. Irgendetwas stimmte hier nicht.

Er nahm das Handy wieder in die Hand, um eine Antwort zu diktieren. „Danke, dass du so schnell geantwortet hast. Du hast doch bestimmt Tims und auch Lylas Handynummer. Kannst du mir beide schicken?"

Wieder dauerte es nur einen Augenblick, und schon erschien die Antwort auf dem Display: die beiden Nummern, die er brauchte.

Matt dachte kurz nach und entschied sich dann, Tim zu schreiben. Eine schnelle WhatsApp-Nachricht: *„Hey Tim, wir müssen morgen vor dem Footballtraining reden. Es gibt ein paar Dinge, die ich klären muss.*" Es war direkt, aber nicht zu aufdringlich. Tim würde wissen, dass es um Lyla ging.

Dann wählte er die Nummer von John. Es dauerte nicht lange, bis das Telefon klingelte. Nach wenigen Tönen meldete sich seine vertraute Stimme: „Was gibt's, mein Bester? Bisschen früh, um auf Ergebnisse zu hoffen, oder?"

„Enttäuschend", antwortete Matt mit gespieltem Entsetzen. „Nein, Spaß beiseite. Ich hätte da noch eine Telefonnummer von einem Mädchen, das auch verschwunden ist. Ist es möglich, dass du an die Daten ran kommst, mit wem sie geschrieben oder telefoniert hat?"

„Klar, Matt, das ist möglich. Aber es scheint mir, als verschwinden bei euch ganz schön viele Mädchen. Was geht da eigentlich ab?", fragte John, der sich wohl langsam Sorgen machte.

„Ich weiß es nicht", antwortete Matt und klang dabei nachdenklich. „Ich glaube, da gibt's mehr, als wir wissen. Und wenn ich die richtigen Fäden ziehe, kann ich vielleicht herausfinden, was genau dahinter steckt. Aber dafür brauche ich deine Hilfe. Die beiden Mädchen haben vielleicht miteinander zu tun."

„Hast du eine Idee, wie du sie finden kannst?", fragte John.

„Nichts konkretes, aber ich werde dran bleiben. Vielleicht sind die Daten ein Schritt in die richtige Richtung. Ich will wissen, mit wem Lyla in den letzten Wochen Kontakt hatten. Alles, was du finden kannst."

„Gut, ich werde sehen, was ich tun kann.

Er legte auf und starrte einen Moment lang auf den Bildschirm des Handys.

Matt atmete tief ein. Die Dunkelheit um ihn herum schien sich dichter zusammenzuziehen, aber das hinderte ihn nicht. Er würde die Puzzleteile zusammensetzen – und egal, was er dabei entdecken würde, er würde nicht aufhören, bis er die Wahrheit kannte.

Kapitel 14

Es war Nachmittag, als Matt vor dem Footballtrainingsgelände ankam. Die ersten Spieler waren schon da, standen mit ihren Taschen und Flaschen um die Bänke verstreut, doch Matt hatte heute nur Augen für eine Person – Tim. Er hatte das Gefühl, dass noch einiges unausgesprochen war, und das musste heute geklärt werden. Es war bereits der dritte Tag seiner Suche, und er wusste, die Zeit lief gegen ihn.

Matt ging auf Tim zu, der gerade in ein Gespräch mit einem anderen Spieler vertieft war. Als er ihn ansprach, brach das Gespräch abrupt ab. Tim drehte sich um und blickte Matt mit einer leichten Verteidigungshaltung an.

„Hey, Matt", sagte Tim, als er sich die Hände abwischte. „Worum geht's?"

Matt verschränkte die Arme, sein Blick fest. „Warum hast du mir nicht gesagt, dass du weißt, wer Lylas neuer Freund ist?"

Tim sah sich nervös um und trat einen Schritt zurück. „Wer behauptet das?"

„Spielt das wirklich eine Rolle?" antwortete Matt. „Das war doch der Grund für eure Szene, bevor Lyla verschwunden ist, oder etwa nicht?"

Tim atmete tief durch und setzte sich auf eine Bank. Matt folgte ihm. Tim strich sich über das Gesicht und sprach dann langsam. „Es war alles ein Missverständnis. Ich wusste tatsächlich nicht, wer dieser Typ ist. Ich wollte Lyla nur Angst machen. Ich dachte, so könnte ich herausfinden, ob sie wirklich jemanden Neuen trifft."

Matt runzelte die Stirn. „Und? Was ist dann geschehen?"

„Dann ist es eskaliert. Lyla ist wirklich panisch geworden, als ich sie darauf angesprochen habe. Sie hat sich plötzlich so verändert, als hätte sie etwas zu verbergen. Sie ist explodiert, weil sie dachte, ich würde es weiterverbreiten oder es könnte jemand herausfinden." Tim klang fast entschuldigend. „Es war nie meine Absicht, sie in die Enge zu treiben."

„Und was hat sie gesagt?"

„Sie hat es abgestritten", antwortete Tim, den Blick auf den Boden gerichtet. „Sie hat immer wieder gesagt, dass sie niemanden Neuen trifft, dass es nur ein Gerücht war, dass es nicht stimmt. Sie wollte einfach, dass ich alles vergesse und es niemand anderem sage."

Matt seufzte und ließ sich auf die Bank neben Tim sinken. Er hatte das Gefühl, wieder keinen Schritt weitergekommen zu sein. Er hatte gehofft, einen Namen zu erfahren. Stattdessen hatte er nur die Gewissheit, dass Lyla definitiv jemanden Neuen hatte. Ihre Reaktion auf den Bluff verriet alles.

„Du hättest mir trotzdem etwas sagen können", murmelte er schließlich.

„Ich weiß", erwiderte Tim. „Aber als ich mir sicher war, dass es jemand anderen gab, bin ich ausgerastet. Und ehrlich, jetzt schäme ich mich, weil ich das Gefühl habe, sie in eine noch schlimmere Lage gebracht zu haben. Das war nie meine Absicht, verstehst du?"

Matt nickte. „Okay, aber das bringt uns nicht weiter."

Tim blickte Matt an, seine Augen voller Sorge. „Ich weiß nicht genau, was du von mir erwartest."

„Ich muss wissen, wer der Neue ist", sagte Matt nachdenklich. „Hast du keine Vermutung, wer es sein könnte?"

Tim überlegte kurz. „Ich denke, es ist jemand, der deutlich älter ist. Aber ansonsten habe ich wirklich keine Ahnung. Wenn ich es gewusst hätte, hätte ich mich längst selber darum gekümmert."

Matt nickte langsam. „Warum denkst du, dass es jemand Älteres ist?"

„Weil sich etwas an ihrem täglichen Verhalten geändert hat. Plötzlich schien ihr alles zu kindisch, und sie wirkte hochnäsig, als ob wir anderen alle nicht so intellektuell wären. Von Kumpels habe ich gehört, dass sie Lyla beim Einkaufen gesehen hätten, und sie hätte Wein gekauft. Wein! Wer trinkt denn sowas?“

Matt dachte nach. Ein älterer Mann schien durchaus denkbar. Plötzlich fiel ihm Amy ein. Dann sah er Tim an. „Hast du Lyla mal mit dem Coach gesehen? Irgendwas, das dir komisch vorkam?“

„Naja, sie war Cheerleaderin“, zuckte Tim mit den Schultern. „Klar, dass sie sich über den Weg gelaufen sind, aber ansonsten… Nein, mir ist nichts aufgefallen. Denkst du etwa, der Coach würde sich an die Mädels ranmachen?“ Er lachte, als ob es das Abwegigste auf der Welt wäre.

„Das Mädchen, das vor fünf Jahren verschwunden ist. Amy. Was hast du darüber gehört?“ fragte Matt.

Tim schaute zum Himmel. „Außer dem, was man sich in der Gegend erzählt hat, nichts. Sie ist verschwunden und nie wieder aufgetaucht. Der Sheriff hat ermittelt, aber konnte nichts herausfinden.“

„Ganz so war es aber nicht. Es gab Verdächtige! Und ganz oben auf der Liste stand Coach Harrison.“

Tim fiel alles aus dem Gesicht. „Verarschst du mich, Mann? Der Coach?“

Matt nickte.

„Aber anscheinend hat der Sheriff ja nichts gefunden. Das bedeutet doch, dass er unschuldig war.“

„Vielleicht. Vielleicht auch nicht“, antwortete Matt. „Nur weil man es ihm nicht nachweisen konnte, heißt das nicht automatisch, dass er nichts damit zu tun hatte. Vielleicht ist er einfach nur clever.“

„Bist du deswegen plötzlich Coach beim Team?“, fragte Tim. „Coach Harrison hat es uns gestern nach dem Training gesagt."

Cleveres Kerlchen, dachte sich Matt, als er langsam aufstand. „Ja, genau. Der Coach ist im Moment meine beste Spur, und solange ich nicht mit Sicherheit weiß, wer der neue Freund an Lylas Seite ist, muss ich ihn im Auge behalten."

Tim stand ebenfalls auf. „Ich könnte vielleicht helfen? Ich meine, ich respektiere den Coach wirklich, aber wenn er da irgendwie mit drinsteckt, müssen wir ihn aufhalten."

Bevor Matt antworten konnte, ertönte der Pfiff des Trainers. Das Training stand kurz bevor. Die beiden klopften sich noch einmal auf die Schultern, bevor sie sich dem Team anschlossen.

„Wir reden nach dem Training weiter."

Tim nickte und schaute in Richtung Trainingsplatz. Er konnte immer noch nicht glauben, was er eben erfahren hatte.

Kapitel 15

Die Sonne begann langsam ihren Sinkflug, als das Training zu Ende ging. Tim war heute ein Schatten seiner selbst. Zu sehr war er in Gedanken gewesen. Nach dem Abschluss-Huddle ging er vom Feld in Richtung Kabinen. Am Spielfeldrand stand Matt, der noch ein paar Bälle wegräumte.

Tim ging auf ihn zu und versuchte, lässig zu wirken, um keine Aufmerksamkeit seiner Teamkollegen auf sich zu ziehen.

„Hey, Mr. D."

„QB1", antwortete Matt mit einem leicht ironischen Lächeln. „Lass uns später auf dem Parkplatz treffen. So in einer halben Stunde."

Matt lehnte an seinem Truck, als Tim pünktlich aus der Tür der Umkleide kam. „Also, du wolltest helfen", sagte Matt ganz offen und direkt.

„Ja, wenn ich etwas tun kann, bin ich dabei. Wie soll das Ganze ablaufen?"

„Wir müssen versuchen, irgendetwas zu finden, was den Coach mit Amy oder Lyla in Verbindung bringt. Hör dich unauffällig um. Quatsch mit den Leuten vom Team. Versuch, herauszufinden, wo der Coach sonst so rumhängt, wenn er nicht hier ist. Das sind alles Dinge, die uns weiterhelfen können."

Tim sah aus, als ob sein Gehirn auf Hochtouren lief. „Verstehe", antwortete er. „Das sollte nicht allzu schwierig sein."

Matt schaute ihn zufrieden an. „Okay, dann schlag ich vor, du versuchst jetzt, was herauszufinden, und wir bleiben in Kontakt. Sobald du etwas hast, meldest du dich. Ich werde noch ein, zwei Telefonate führen und hoffen, deinen mysteriösen Nachfolger in Erfahrung zu bringen."

Tim nickte. Er schulterte seine Trainingstasche und machte sich auf den Weg zu seinem Auto. Matt stieg in den Truck und fuhr nach Hause. Dort angekommen legte er sich erst mal auf sein Sofa und wurde prompt vom heraneilenden Scott begrüßt. Während er das Kalb kraulte dachte er über seine nächsten Schritte nach.

John, der gute alte John, war seine letzte Hoffnung. Vielleicht konnte er mit Lylas Handynummer etwas anfangen und ihn näher an „Mr. X" heranführen. Aber bis es soweit war, blieb ihm nicht viel mehr, als weiter nach Hinweisen zu suchen. Der Coach war das größte Rätsel.

Er griff nach seinem Handy. Vielleicht gab es noch andere Wege, mehr über Coach Harrison herauszufinden. Mit einer Mischung aus Entschlossenheit und Unruhe tippte er den Namen des Trainers in die Suchleiste ein. „Coach Harrison", murmelte er und beobachtete, wie die Suchergebnisse auf seinem Bildschirm erschienen. Wo war der Coach vorher als Trainer tätig? War er verheiratet? Gab es vielleicht Skandale oder irgendwelche merkwürdigen Vorfälle, in seiner Vergangenheit?

Die Ergebnisse kamen zügig. Coach Harrison war nie verheiratet. Matt starrte auf die Worte, als könnte er so die Wahrheit ergründen. Drei Trainerstationen in anderen Staaten hatte der Coach vor dieser Stelle an der Highschool gehabt. Matt konnte sich nicht wirklich vorstellen, dass Harrison über all die Jahre hinweg nichts an sich verändert hatte, dass er immer noch derselbe Mann war, der sich so gut in die Rolle des erfolgreichen Trainers fügte.

Matt suchte weiter. Er rief sich eine Liste von vermissten Fällen auf, die in den Regionen der Schulen, an denen Harrison gearbeitet hatte, aufgenommen worden waren. Ein leises Ziehen in seiner Brust ließ ihn innehalten. Er konnte es kaum glauben, als er die Überschrift las: „Vermissten Fall – Texas, St. Mary's High School".

St. Mary's war eine christliche Schule in Texas, und zu dem Zeitpunkt, als der Fall gemeldet wurde, war Coach Harrison dort als Trainer tätig gewesen.

Matt setzte sich auf und starrte auf den Bildschirm. Ein Stück des Puzzles, das er zusammensetzen wollte, schien endlich an seinen Platz zu passen. Der Name „St. Mary's" war ihm irgendwie vertraut, doch es brauchte einen Moment, bis ihm die Tragweite der Entdeckung wirklich bewusst wurde. Es gab also einen vermissten Fall, der während der Zeit von Coach Harrison dort passierte – vor acht Jahren.

Sein Herz schlug schneller. Das war zu viel, um es nur als Zufall abzutun. Warum war das nie öffentlich bekannt geworden? Warum hatte niemand darüber gesprochen? Es war noch nicht das Ende, aber es war ein entscheidender Hinweis.

Er atmete tief durch, versuchte, seine Gedanken zu ordnen. Vielleicht war es genau der Hinweis, den er brauchte, um Coach Harrison ein für alle Mal in die Enge zu treiben.

Aber noch war nichts sicher. Noch musste er tiefer graben. Und das würde er auch tun.

Lyla stand am Fenster und starrte in die Weite. Vor ihr erstreckte sich das Ödland, karg und farblos, unter einem Himmel, der das Gefühl der Einsamkeit noch verstärkte.Da war diese Stille… diese unaufhörliche Stille. Lyla konnte sie fast spüren, schwer und drückend. Seit sie hierhergekommen war, hatte sie sich nicht daran gewöhnen können. Aber sie wusste, dass es keine andere Wahl gab. Sie musste hier sein. Musste ausharren.

Ihre Gedanken schweiften ab. Er. Hatte er sie vergessen? War es möglich? Oder… würde er kommen? Würde er sie endlich abholen?

Plötzlich, inmitten der Stille, hörte sie Stimmen.

Männerstimmen. Sie waren undeutlich, doch die Lautstärke reichte aus, um Lyla aus ihren Gedanken zu reißen. Ihr Herz schlug schneller, ein vertrautes Gefühl von Aufregung. Konnte es wirklich sein?

Das Geräusch vom Schlüssel, der sich im Schloss drehte, ließ sie zusammenzucken. Ihre Hände legten sich automatisch auf das kühle Glas des Fensters. Und dann, als die Tür sich öffnete, stand er da.

Er war es.

Mit einem Schlag durchfuhr es sie wie ein Blitz. Der Mann, den sie erwartet hatte, der Mann, den sie liebte. Er stand nun vor ihr, in der Tür, wie aus einer anderen Welt.

Er war älter. Aber es war nicht nur das Alter. Es war die Art, wie er stand – mit einer selbstverständlichen Präsenz, die nur ein Mann besitzen konnte, der viel gesehen hatte, der die Welt in all ihren Facetten gekannt hatte und sich daran geformt hatte. Die Sportlichkeit seiner Figur war noch immer da, doch sie hatte nun eine andere Schwere, eine andere Bedeutung. Diese Stärke, die in seinen Bewegungen lag, war nicht die eines jungen Mannes. Es war die Stärke eines Kriegers, der viele Schlachten geschlagen hatte, und doch war er immer noch hier, unverwüstlich.

Er trug einen maßgeschneiderten Anzug, der seine Schulterpartien betonte und den Eindruck verstärkte, dass er kein gewöhnlicher Mann war. Und in seinen Augen – Lyla konnte sie sehen, auch wenn er nicht direkt in ihre Richtung blickte – lag eine Tiefe, die sie damals nie bemerkt hatte.

Er war zurück.

Doch etwas war anders.

Als er sie ansah, war da nichts von der Güte, die er immer ausgestrahlt hatte. Kein Lächeln, keine Zuneigung. Nur ein verächtliches Lächeln, ein Lächeln, das keinen Funken der Liebe erahnen ließ. Es war kalt. Es war fremd.

„Lyla, meine Teuerste", sagte er mit einer Stimme, die leer

klang, fast spöttisch. „Hast du dich gut eingelebt?" Seine Worte trafen sie wie ein Schlag.

Lyla stand wie erstarrt. Ihre Kehle war trocken, der Schock war zu groß, um sofort reagieren zu können. Der Mann, den sie so lange ersehnt hatte, stand vor ihr, doch alles, was sie nun spürte, war Unsicherheit. Was hatte sich verändert? Wer war dieser Mann, der nun vor ihr stand? War es wirklich der gleiche, in den sie sich so sehr verliebt hatte?

Kapitel 16

Tim war frustriert. Die letzten Stunden hatten wenig neuen Erkenntnisse gebracht. Obwohl er alles versucht hatte, um mehr über Coach Harrison herauszufinden, war er immer wieder auf Mauern gestoßen. Harrison war ein Mann der wenigen Worte, einer, der sich nicht in die Karten blicken ließ. Es war, als würde er kein Leben außerhalb des Spielfeldes führen.

Die Gerüchte unter den Spielern waren vielfältig, doch keiner konnte wirklich etwas Greifbares sagen. Es gab die üblichen Gerüchte das er was mit einer Lehrerin hatte, in eine Schlägerei verwickelt war und sich manchmal ein bisschen zu sehr für die Cheerleaderinnen interessierte. Harrison hatte anscheinend nie viel über seine Vergangenheit preisgegeben, und genau das weckte Tims Neugier. Warum dieser Coach, der sonst immer so kontrolliert und durchgeplant war, solch ein Geheimnis um sich aufbaute, war für Tim ein Rätsel. Und wie es bei Rätseln oft war, musste man tiefer graben, um die Wahrheit ans Licht zu bringen.

Es war spät am Nachmittag, als Tim schließlich eine Entscheidung traf. Die Zeit des Rätsel Ratens war vorbei. Er würde in das Büro des Coaches einbrechen.

Als Spieler hatte Tim den Vorteil, dass er Zugang zu vielen Bereichen des Sportkomplexes hatte. Auch zum Büro von Coach Harrison. Die Tür war meist nur schwach verschlossen, und das bedeutete, dass er keinen Verdacht erwecken würde. Also machte er sich auf den Weg.

Kaum hatte er die Tür hinter sich geschlossen, atmete er tief durch. Das Büro war ordentlich und minimalistisch eingerichtet, wie man es von einem Mann wie Harrison erwarten konnte. Ein Schreibtisch aus dunklem Holz, an dessen Seite ein bequemer Sessel stand, sowie ein paar Regale mit Akten und einigen persönlichen Erinnerungsstücken. Doch für Tim war jetzt nur eines wichtig: der Computer des Trainers.

Er trat zum Schreibtisch und schaltete den PC ein. Der Bildschirm flimmerte kurz auf und dann war der Desktop zu sehen. Der Code zum Entsperren des Systems war leicht zu knacken, da Harrison ein Gewohnheitstier zu sein schien. Es war der Name des Teams. Nach ein paar Sekunden hatte Tim Zugriff auf den Computer.

Er durchsuchte die Ordner, mit der Hoffnung, etwas Nützliches zu finden. Einen nach dem anderen klickte er an ohne Erfolg. Das meiste drehte sich um die Mannschaft. Tim dachte nach. Dann versuchte er im System herauszufinden ob es ausgeblendete Dateien gab und hatte Erfolg. Es wurden auf dem Laufwerk zwei Ordner angezeigt die allerdings verschlüsselt waren. Diesmal hatte sich der Coach ganz offensichtlich mehr Mühe gemacht. Etwas hatte Harrison hier versteckt, und es war nicht nur der normale Trainingsplan oder die Spielerstatistiken. Diese Dateien waren wichtig.

Frustriert über die Verschlüsselung versuchte Tim, die Dateien zu öffnen, doch seine Versuche blieben erfolglos. Das Passwort war zu komplex, und er wusste, dass er ohne Hilfe nicht weiterkommen würde. Er überlegte und beschloss Matt anzurufen. Sein neuer Verbündeter hatte Andeutungen gemacht zu wissen wie man jemanden aufspüren kann. Warum sollte er nicht vielleicht auch die Fähigkeiten haben verschlüsselte Dateien zu entsperren. Ein Versuch war es wert.

Tim griff nach seinem Handy. Die Nummer von Matt war schnell gewählt. Als der Anruf in der Leitung klickte, spürte er, wie sich sein Puls beschleunigte.

„Hey, Matt. Ich brauche deine Hilfe", begann Tim ohne Umschweife.

„Was gibt's?", fragte Matt, mit entspannter Stimme.

„Ich bin gerade im Büro von Coach Harrison und habe etwas gefunden. Es gibt verschlüsselte Dateien auf seinem Computer, und ich komme nicht weiter. Ich brauche deine Hilfe, um die zu öffnen."

„ Du bist wo?" Matt`s Stimme klang plötzlich nicht mehr so entspannt.

„Ich hatte keine Wahl" antwortete Tim. „ Ich habe mich seit gestern Abend umgehört. So wie du es wolltest aber außer ein bisschen Tratsch ist nichts dabei herausgekommen. Dann viel mir der PC ein."

„Okay, bleib ruhig und mach dir keine Sorgen, vielleicht hast du recht und den richtigen Schritt gemacht", antwortete Matt.

Tim atmete tief durch. „ Kannst du nun helfen oder nicht?" In seinem Kopf liefen bereits die schlimmsten Szenarien ab – was, wenn das, was er womöglich fand, alles veränderte? Was, wenn der Coach ein Geheimnis hatte, das nicht nur seine Karriere, sondern auch das ganze Team betraf?

Matts Antwort riss ihn aus den Gedanken. „ Ja ich denke schon. Gibt es eine Möglichkeit die Dateien runter zuladen? Vielleicht auf dein Handy?"

Seine Blicke schweiften durch das Büro und in einer Steckdose entdeckte er ein Ladekabel. „Hier ist ein Ladekabel. Damit sollte ich das Handy an den PC anschließen können."

„Gut", antwortete Matt mit hoffnungsvoller Stimme." Probier es und wenn du es schaffst die Dateien aufs Handy zu bekommen schick sie an meins. Ich werde dann schauen was ich herausbekommen kann. Ansonsten hab ich einen Kollegen für den das ein Kinderspiel sein sollte."

Tim starrte auf den Bildschirm. Er nahm das Kabel und verband sein Handygerät mit dem PC. Das System zeigte an das ein neues Gerät gefunden wurde. Die erste Datei verschob er und sein Blick war regelrecht gefesselt. Er hielt den Atem an. „Es klappt" prustete er plötzlich mit Stolz in der Stimme los.

„Sehr gut. Dann schick mir was du hast und sieh zu das du verschwindest bevor dich noch jemand bemerkt."

„Geht klar. Soll ich zu dir kommen?" fragte Tim.

Matt machte sich eine Zigarette an. „ Kannst du machen. Gib mir eine Stunde Zeit. Die werde ich brauchen um die Dateien zu öffnen. Und wenn du Hunger hast bring dir was mit."

Kapitel 17

Tim parkte sein Auto vor dem Haus von Matt und stieg aus. Er eilte zur Haustür, die er mit einer schnellen Bewegung öffnete. Scott, sprang ihm entgegen und bellte.

Tim blieb mit weit aufgerissenen Augen im Eingang stehen.

„Hey, Scott", rief Matt. Der Hund drehte ab und ging zurück auf sein Sofa.

„ Nette Überraschung", rief Tim der immer noch im Eingang stand. In der Hand hielt er eine Tüte von Burger King.

„ Küche" bekam er nur als knappe Antwort.

Matt saß wie erwartet vor seinem Computer, die Augen auf den Bildschirm gerichtet. Das Vodka Glas neben ihm war bereits leer, und auf dem Tisch lagen mehrere unaufgeräumte Notizen und Kabel. Tim konnte sehen, dass Matt immer noch intensiv an den verschlüsselten Dateien arbeitete, die er ihm geschickt hatte.

„Du hast es also nichts geschafft?", fragte Tim mit einem Gesichtsausdruck, der sofort verblasste, als er die angespannte Atmosphäre bemerkte.

Er setzte sich auf den Stuhl neben ihm und sah gespannt auf den Bildschirm. Die Datei, die Matt versuchte zu öffnen, war riesig, und Tim konnte sehen, dass er dabei war, ein Passwort einzugeben.

„Hast du irgendeine Idee, wie du das Passwort knacken kannst?", fragte Tim.

Matt zog die Augenbrauen zusammen, während er verschiedene Kombinationen ausprobierte. „Ich habe alles durchprobiert, was mir eingefallen ist. Aber der Coach ist nicht dumm, er weiß, wie man solche Dinge schützt." Er pausierte, nachdenklich. „Ich habe die Dateien auch an einen alten Freund geschickt aber er wird vor Morgen nicht dazu kommen sie sich anzuschauen."

„Ein Hausmeister hat Freunde die so was können?"

„Ich war nicht immer Hausmeister Junge. Ich habe in meiner Vergangenheit für die Regierung gearbeitet und glaub mir ich habe noch ganz andere Freunde." entgegnete Matt, den Blick immer noch auf den Bildschirm gerichtet.

Tim war erstaunt. „ Damit hab ich jetzt nicht gerechnet. Was genau hast du für die gemacht?" fragte er neugierig.

„ Nichts was dich etwas angehen würde."

„Was ist in der Tüte"? fragte er um das Thema zu wechseln.

„Oh ja" antwortete Tim verlegen. „ Hab ich uns besorgt. Dachte ein paar Burger schaden nie".

Matt nickte, stand auf und holte zwei Teller aus dem Schrank.Tim holte die Burger aus der Tüte und sie begannen sie zu vertilgen. Angelockt vom Geruch und dem rascheln gesellte sich auch Scott in die Küche. Er setzte sich erwartungsvoll neben die beiden und hoffte wohl das etwas Fleisch für ihn abfiel.

Während Matt in seinen Big King biss versuchte er sich erneut in den Coach hinein zu versetzen. Wie würde er an seiner Stelle denken und was wusste er konkret über ihn? Plötzlich überkam ihn ein Gedanke.

„Warte… vielleicht… St. Mary's, dachte er laut. Das war der Name der Schule, an der er früher war. Das könnte es sein."

Matt tippte „St.Marys" ein und drückte die Eingabetaste. Sekunden vergingen. Dann, wie von Zauberhand, öffnete sich die Datei. Die beiden starrten auf den Bildschirm. Es war wie ein Schlag ins Gesicht.

Fotos. Unzählige Fotos. Fotos von Mädchen. Es waren Bilder von Amy und Lyla, von ihnen in den verschiedensten Momenten – unauffällig, heimlich aufgenommen. Doch was wirklich erschreckend war, war die Art der Fotos. Manche waren aufgenommen, während die Mädchen in der Dusche standen. Ihre Körper noch von Wasserstrahlen bedeckt, ohne sich der Kamera bewusst zu sein. Tim konnte es nicht fassen.

„Was zum…?" Tim sprang auf und starrte die Bilder an. Da waren noch viele andere Bilder von anderen Schülerinnen, ebenfalls in ungeschützten Momenten. Der Coach hatte sie alle heimlich fotografiert. Wie war das möglich? Wie konnte er all diese Jahre so ein Leben führen, ohne dass es jemand bemerkte?

„Das kann nicht wahr sein", murmelte Tim und versuchte sich zu sammeln. „Das ist krank."

Matt blieb ruhig. „Beruhig dich, Tim", sagte er, obwohl sein Gesicht ebenfalls entsetzt war.

„Aber sie wurden ausgenutzt Matt! Und das kranke Schwein muss dafür bezahlen!", rief Tim aufgebracht.

Matt dachte nach und lehnte sich zurück. „Ja, das stimmt. Aber denk doch mal nach. Was passiert, wenn wir einfach so damit zur Polizei gehen? Coach Harrison ist kein Unbekannter. Und obwohl der Sheriff schon mal gegen ihn ermittelt hat ist er davon gekommen. Wenn wir diese Spur verlieren dann wird niemand erfahren, was hier wirklich vor sich geht. Wir müssen einen besseren Plan haben."

Tim funkelte Matt an, seine Wut war kaum zu bändigen. „Du willst also, dass wir ihm noch mehr Zeit lassen, um weiterzumachen?"

„Nein, aber du musst verstehen, dass wir ihn nicht einfach so damit konfrontieren können." Matt ließ die Worte hängen, bevor er fortfuhr: „Wir müssen herausfinden, wie weit das Ganze reicht. Wie viele Mädchen sind betroffen? Wie lange hat er das schon gemacht? Und vielleicht… können wir ihn mit seiner eigenen Taktik fangen. Wir brauchen jemanden, der uns als Lockvogel hilft."

Tim warf ihm einen skeptischen Blick zu. „Einen Lockvogel?"

„Ja", sagte Matt mit einem ernsten Gesichtsausdruck. „Sarah. Sie kennt ihn, sie ist ihm immer wieder über den

Weg gelaufen. Wir können sie bitten, ihn zu ermutigen. Wenn er denkt, sie würde auf ihn stehen, dann wird er vielleicht unvorsichtig. Wir müssen ihn überlisten, Tim. Wir können ihm nicht einfach so das Handwerk legen, ohne zu wissen ob er mit Lylas Verschwinden zu tun hat oder nicht. Und wer außer Sarah würde dafür besser in Frage kommen? Sie ist sein Beuteschema und hat als einzige ein Interesse herauszufinden was mit ihrer Freundin passiert ist."

Tim blieb einen Moment still, seine Wut kochte in ihm, doch er verstand, dass Matt vielleicht recht hatte. Sie brauchten mehr Informationen. Sie mussten vorsichtig vorgehen, wenn sie den Coach wirklich entlarven wollten.

„Okay", sagte Tim schließlich, „aber wenn das schiefgeht, dann werde ich ihn zur Rechenschaft ziehen, Matt. Egal, wie."

Matt nickte, auch wenn er wusste, dass es ein gefährlicher Plan war. „Ich weiß, Junge. Aber wir müssen es so machen. Es geht nicht nur um Lyla. Es geht um alle Mädchen, die er verletzt hat. Und das müssen wir beenden, bevor es zu spät ist."

Die beiden saßen schweigend nebeneinander, während Scott zu ihren Füßen lag, nichts ahnend von dem Sturm, der sich zusammenbraute.

Kapitel 18

Der Schulparkplatz war an diesem Morgen genauso überfüllt wie immer. Tim und Matt standen zusammen am Rand und beobachteten, wie ihre Mitschüler sich zwischen den Autos hindurchdrängten. Beide waren nervös, auch wenn sie es versuchten zu verbergen. Sie wussten, dass der Moment gekommen war, in dem sie Sarah alles erzählen mussten.

Matt zog sein Handy aus der Tasche und schaute auf die Nachricht, die er an Sarah geschickt hatte. *„Warte bitte auf dem Schulparkplatz. Ich muss dringend mit dir reden."* Es hatte nicht lange gedauert, bis er eine Antwort erhalten hatte: *„Bin gleich da. Was ist los?"*

„Sie kommt", sagte Matt leise und steckte das Handy wieder in die Tasche.

„Hoffentlich versteht sie, worum es geht", erwiderte Tim.

„Sarah ist nicht dumm. Es gibt keine andere Möglichkeit und das wird sie verstehen." Matt starrte nach vorne, als Sarah in der Ferne auftauchte. Sie trug ihren blauen Schulrucksack und ging mit schnellen Schritten auf die beiden zu.

„Hey", sagte Sarah, als sie ankam. Ihre Stirn war leicht gerunzelt, und sie schien besorgt. „Was macht er hier?"

„Lass uns drinnen reden", antwortete Matt und nickte in Richtung des Schulgebäudes. „Es ist zu laut hier."

Die drei gingen in die Nähe des Eingangs, wo weniger Leute vorbeigingen, und als sie sicher waren, dass niemand sie hören konnte, begann Matt zu sprechen.

„Ich habe Tim mit ins Boot geholt. Wir haben miteinander gesprochen und er macht sich auch Sorgen um Lyla."

„Ach auf einmal?" antwortete Sarah mit einem skeptischen Blick auf Tim gerichtet.

Matt verdrehte die Augen. „Für so einen Quatsch haben wir jetzt keine Zeit. Ich vertraue ihm und er hat uns außerdem schon einen großen Schritt weitergebracht."

Tim lächelte und Sarah dachte kurz nach. Schließlich zuckte sie mit den Schultern und blickte zu Matt. "Also gibt es eine Spur zu Lyla?"

„Ja und sie führt tatsächlich direkt zum Coach. Wir haben die Dateien auf seinem PC überprüft, sagte Matt und hielt kurz inne. „Wir haben Beweise gefunden, dass der Coach schon einmal in Verdacht stand. Vor ein paar Jahren gab es eine ähnliche Situation wie die mit Lyla. Ein Mädchen verschwand, und der Coach war der Hauptverdächtige."

Sarah starrte die beiden ungläubig an. „Was? Das kann nicht wahr sein!"

„Es ist leider wahr", sagte Tim. „Und wir haben noch mehr herausgefunden. Auf dem PC des Coaches fanden wir Daten, die darauf hindeuten, dass er etwas mit Lylas Verschwinden zu tun haben könnte. Er schaute verlegen zu Boden. „Wir haben Fotos von ihr und anderen Mädchen gefunden. Fotos auf denen sie unter anderem Nackt waren."

Sarah schüttelte den Kopf. „Das ist verrückt. Wie ist er an solche Bilder gekommen? Hatte er etwa Affären mit denen allen?"

„Nein" antwortete Matt. „Die Mädchen wussten nichts von den Fotos. Er hat sie heimlich aufgenommen. Beim Duschen nach dem Sport und in der Umkleide."

Eine Träne lief über Sarah`s Wange. „Das hat er die ganze Zeit getan und niemandem ist es aufgefallen?"

Matt nickte sich bewusst welche Frage als nächstes kommen würde.

„Von mir auch" fragte sie mit fester Stimme, gefasst und auf die Antwort wartend.

Wieder nickte Matt.

Sie wischte sich die Tränen weg und schaute wütend Matt tief in die Augen. „Dieses perverse Schwein. Dieser elendige

Bastard. Was passiert jetzt mit ihm?"

„Gute Frage", antwortete Matt. „Wir sind hier, um genau das zu besprechen.Wir müssen ihm eine Falle stellen, Sarah."

Er unterbrach um ihre Reaktion zu analysieren. „Um Lyla zu finden müssen wir ihn austricksen und du bist unsere beste Chance. Wir brauchen dich, um dich dem Coach anzunähern. Wenn er etwas mit Lylas Verschwinden zu tun hat, ist das der einzige Weg, mehr herauszufinden. Du bist die Einzige, die das unauffällig tun kann."

Sarah blickte hin und her, als ob sie versuchte, all das, was sie gerade erfahren hatte, zu verarbeiten. „Ich weiß nicht... das ist ein großes Risiko. Was, wenn er es herausfindet? Was, wenn er mich in Gefahr bringt? Und was soll ich genau mit ihm anstellen? Etwa ins Bett hüpfen?"

Matt blickte sie entsetzt an.„Nein, natürlich nicht. Du sollst ihm schöne Augen machen, ihm schmeicheln. Tu so als ob du interessiert an ihm wärst. Vielleicht wird er unvorsichtig wenn er mit dir redet."

„Es ist das einzige, was wir tun können", hackte Tim ein. „Er steht auf dich und du kennst ihn gut genug, um mit ihm zu reden, ohne dass er Verdacht schöpft. Wir wissen nicht, was er plant, aber wenn er etwas mit Lyla zu tun hat, dann musst du herausfinden, was genau. Du musst herausfinden ob er der unbekannte neue ist."

Matt fügte hinzu: „Es ist unsere beste Chance, Sarah. Unsere einzige."

Sarah seufzte tief und sah dann entschlossen auf. „Okay. Ich werde es tun. Aber ich brauche euch, um mir zu helfen, wenn es schiefgeht. Wenn irgendetwas passiert, müsst ihr mir zur Seite stehen."

„Versprochen", sagte Matt schnell. „Du wirst nicht alleine sein." Tim nickte ihr ebenfalls zu.

„Gut", antwortete Sarah.

Matt nickte. „Danke, Sarah. Du bist unser einziges Ass in

diesem Spiel."

Die drei gingen auseinander. Der Unterricht würde jeden
Moment los gehen und Matt hatte ja auch noch einen Job
den er erledigen musste. Er ging den Flur entlang Richtung
Aufenthaltsraum ohne bemerkt zu haben das sie die ganze
Zeit beobachten worden waren.

Direktor Harris stand am Fenster, seinen Blick auf die Szene
gerichtet.

Kapitel 19

Matt saß in seinem kleinen Hausmeisterraum. Es war ruhig, fast schon unheimlich. Matt hatte die Tür hinter sich zugemacht, um ungestört nachzudenken. Der morgendliche Austausch mit Sarah und Tim hatte ihm keine Ruhe gelassen. Die Sache mit dem Coach wurde immer komplizierter, und Matt wusste, dass er keine Zeit verlieren durfte.

Gerade als er sich über die neuesten Notizen beugte, klingelte plötzlich sein Telefon.

„Matt", meldete sich John sofort am anderen Ende der Leitung. „Ich habe die Akte über Amy aufgetrieben. Es war nicht einfach, aber ich habe sie endlich in die Hände bekommen."

Matt setzte sich aufrecht hin. „Und? Was steht drin?"

„Es sieht so aus, als ob diese Amy von jetzt auf gleich abgehauen wäre", erklärte John ruhig. „Ihre Akte ist voll von Hinweisen, die auf eine gefährliche Beziehung zu eurem Coach hindeuten. Mehrere Zeugen berichten, das sie einige private Treffen mit ihm hatte, bei denen er sie wohl ziemlich versucht hat zu manipulieren. Deswegen ist er wohl auch auf dem Radar des Sheriffs aufgetaucht. Jedoch hat sich das ganze plötzlich in Luft aufgelöst. Ich kann dir noch nicht alle Details sagen, aber das Bild, das sich abzeichnet, ist ziemlich düster. Ich hab dir die Akte geschickt falls du mehr wissen willst."

Matt schluckte schwer. „Danke mein Freund. Hast du auch was über das Telefon herausfinden können?"

„Natürlich", antwortete John. „Ich habe die Nummer zurückverfolgt die du mir geschickt hast. Und rate mal, was ich gefunden habe?"

„Was denn?", fragte Matt, seine Stimme klang angespannt.

„Nachrichten von einem C.H.", sagte John, und seine Stimme klang genauso ernst, wie Matt sich fühlte. „C.H.

scheint regelmäßig mit Lyla kommuniziert zu haben, und die Nachrichten waren nicht harmlos. Ein paar davon sind nicht jugendfrei. Es könnte ein Hinweis darauf sein, dass sie sich mit jemandem getroffen hat."

Matt sprang fast von seinem Stuhl auf. „Das ist es! C.H. Coach Harrison." Es muss der Coach sein. Ein kalter Schauer lief ihm den Rücken hinunter. „John, Bruder, ich danke dir!"

„Nicht dafür", antwortete John, „das nächste Bier geht auf dich großer. Oh und die Chat Verläufe habe ich selbstverständlich auch mit der Akte rüber geschickt."

Sie legten auf.

Matt schloss die Augen, versuchte, einen klaren Gedanken zu fassen.

Wenn C.H. wirklich der Coach ist, dann war er auch Lylas unbekannter neuer. Matt versuchte sich ein Bild von der gesamt Situation zu machen.

An der alten Schule des Trainers war ein Mädchen verschwunden. Soweit er wusste ist es nie gefunden worden. Vor fünf Jahren verschwand Amy spurlos. Auch sie kam nie zurück. Nun war Lyla schon seit mehreren Tagen weg und auch von ihr keine Spur. Alle Indizien zeigten Richtung Harrison. Doch wenn zwei von drei verschwunden Mädchen nie wieder aufgetaucht sind was konnte das anderes bedeuten als das der Coach ein Mörder war. In was für eine Scheiße hatte er sich hier rein ziehen lassen.

Matt ging in seinem Kopf die nächsten Optionen durch. Er musste mit dem Sheriff sprechen. Außerdem war er sich nicht mehr sicher ob der Plan mit Sarah eine gute Idee war. Womöglich war es doch viel gefährlicher als er ursprünglich dachte. Das wichtigste aber was er als nächstes zu tun hatte war es dem Coach ordentlich in die Mangel zu nehmen.

In seinen Gedanken war er längst beim Nachmittagstraining, das bald beginnen würde. Der Coach würde dort sein, und Matt wusste dass er mehr über die Verbindung zwischen ihm und Lyla herausfinden musste. Vielleicht konnte er während dem Training etwas herausfinden, das ihm half, weiterzukommen.

Er atmete tief durch.

„Ich muss zum Training", murmelte er vor sich hin.

Und vielleicht, wenn er geschickt genug war, konnte er dem Coach eine Falle stellen.

Matt stand auf, schnappte sich seine Jacke und ging zur Tür. Doch bis dahin kam er gar nicht.

Die Tür flog auf, und Bill stürmte mit einem breiten Grinsen herein, dicht gefolgt vom Direktor.

„Matty", rief Bill. „Sieh mal, wen ich mitgebracht habe!"

„Direktor", sagte Matt knapp und nickte ihm mit einem flachen Kopfgruß zu.

Direktor Harris stand in einem eleganten Sportjackett mitten im Raum und fixierte Matt mit einem scharfen Blick. Die Spannung war sofort spürbar.

„Ich habe Sie gesucht, Mr. Donavon", begann Harris und trat einen Schritt näher. „Bill hat vermutet, dass Sie hier sind. Ich würde gerne mit Ihnen sprechen."

„Selbstverständlich", antwortete Matt ruhig. „Was kann ich für Sie tun?"

„Ich habe Sie heute Morgen beobachtet, Matt", sagte Harris, seine Stimme unmissverständlich. „Sie und ausgerechnet die beiden Streithähne, wegen denen es vor nicht allzu langer Zeit einen Tumult auf dem Parkplatz gab."

Matt war irritiert und zugleich stieg Wut in ihm auf. „Und?", fragte er, patziger als geplant. „Folgt noch eine Frage oder wollten Sie mich einfach nur an Ihrer ausgezeichneten Beobachtungsgabe teilhaben lassen?"

Bill, der sich immer noch im Raum befand, starrte Matt entsetzt an. Seine Kinnlade fiel beinahe zu Boden.

„Würden Sie uns bitte alleine lassen?", fragte Direktor Harris mit einem Blick, der Bill sofort dazu brachte, sich zur Tür zu begeben.

„Klar", murmelte Bill und zog sich schnell zurück.

Als die Tür hinter ihm ins Schloss fiel, atmete Matt tief durch und ergriff die Initiative. „Direktor", begann er, „es tut mir leid, wenn ich eben etwas schroff geklungen habe. Ich bin auf dem Sprung zum Football-Training und fühle mich etwas gehetzt heute. Es war nicht meine Absicht, Sie zu beleidigen oder ähnliches."

Harris versuchte, sich kultiviert zu geben, doch seine Körpersprache verriet, dass er wenig an einem entspannten Gespräch interessiert war. „Leid wird Ihnen nur tun, wenn Sie noch einmal so mit mir sprechen. Ich bin nicht einer dieser Hinterwäldler, Matt. Ich habe schon einiges von der Welt gesehen. Also erwarte ich, dass Sie mir den nötigen Respekt entgegenbringen."

Matt ließ sich nichts anmerken, auch wenn er die steigende Spannung deutlich spürte. „Natürlich, Direktor. Ich verstehe."

„Und ja, eine Frage folgt auch", fuhr Harris fort. „Es interessiert mich sehr, warum Sie mit Tim und Sarah tuschelnd in den Fluren standen. Sollte es noch Probleme wegen des letzten Vorfalls geben, erwarte ich, darüber informiert zu werden."

Matt überlegte kurz, dann entschied er sich, auf diese unerwartete Auseinandersetzung ruhig zu reagieren. „Es gibt keine weiteren Probleme", sagte er schließlich. „Die beiden hatten einfach Fragen, und ich habe versucht, ihnen zu helfen. Sie wissen schon, Teenager-Sorgen, die man mit 17 Jahren hat – fast erwachsen, aber noch immer ein bisschen durcheinander. Und ich entschuldige mich nochmals für meine patzige Antwort von gerade. Sind Ihre Sorgen damit ausgeräumt, Direktor?"

„Ja", antwortete Harris knapp und drehte sich ohne ein

weiteres Wort zur Tür.

Er verließ den Raum, und Matt blieb für einen Moment sprachlos zurück. Was war das den für ein Gespräch gewesen? Eine seltsame Mischung aus Drohung und Spielchen, und dennoch schien es, als wäre er gerade so davongekommen.

Matt schüttelte ungläubig den Kopf und starrte auf die geschlossene Tür.

In diesem Moment stolperte Bill wieder durch die Tür. Er war wie ein kleiner Hund, der unbedingt wissen wollte, was gerade passiert war, und starrte Matt erwartungsvoll an.

Matt hob abwehrend die Hand in Bill's Richtung und murmelte genervt: „Nicht jetzt, Bill. Ich muss zum Training."

Noch in Gedanken verließ Matt den Raum.

Kapitel 20

Als Matt auf dem Trainingsgelände ankam hatte die Nachmittags Einheit bereits begonnen Es war der Beginn einer weiteren intensiven Trainingseinheit für das Team, und Matt freute sich darauf, wieder mit den Jungs zu arbeiten. Noch mehr aber konzentrierte er sich auf seine eigentliche Aufgabe. Coach Harrison zu überführen und Lyla zu finden.

Als er sich dem Spielfeld näherte, fiel ihm Sarah ins Auge. Auf der anderen Seite des Platzes stand sie und der Coach. Sie unterhielten sich lebhaft und ihre Stimmen drangen zu ihm herüber, als sie gemeinsam lachten. Matt blieb stehen und beobachtete das ganze einen Moment lang aus der Ferne.

Sarah stand mit offener Körperhaltung da und lächelte, während sie sich mit einer entspannten Geste die Haare aus dem Gesicht strich. Dann, zu Matt's Überraschung, legte Sarah kurz ihre Hand auf die Schulter des Coaches. Es war eine beiläufige Geste, aber sie schien den Coach zu erheitern, der mit einem breiten Grinsen erwiderte, dass er sich geschmeichelt fühlte.

Matt war verblüfft. Sarah hatte ihre Hausaufgaben gemacht. Er spürte die Nähe der beiden und das ungewohnte Bild von Sarah, die in einer entspannten Atmosphäre mit dem Coach lachte. Als sie wegging schaute Coach Harrison ihr ganz unverhohlen nach. Er hatte angebissen.

Matt trat weiter in Richtung des Spielfeldes, wo einige der Footballspieler bereits in Zweierteams trainierten. Er nickte ihnen zu und ging direkt zu einer Gruppe, die gerade eine Übung durchführte. Er gab den Jungs einige Tipps zur Technik und dem richtigen Timing. "Ihr müsst eure Hüften mehr einbringen, ansonsten kommt der Wurf nicht präzise genug", erklärte er einem Quarterback, der gerade eine Übung absolvierte. Die Jungs nickten, dankbar für die Erfahrung des alten Profis, und versuchten, seinen Rat umzusetzen.

Nach dem Training zog Matt sich in eine ruhigere Ecke des Feldes zurück, um einen Moment zu verschnaufen. Da sah er den Coach, der wieder mit Sarah am Rand des Platzes stand, und ging schließlich auf ihn zu. Er hatte sich in den letzten Tagen gefragt, was für ein Mann der Coach eigentlich war. Seit gestern Abend wusste er es.

„Hey, Coach", begann Matt das Gespräch, als er neben ihm stand. „ Bist du zufrieden mit meiner Arbeit?"

„Was ich bisher gesehen habe sieht gut aus. Du hast so eine... besondere Art zu coachen. Das kommt nicht von irgendwo."

„Danke dir." antwortete Matt. „Ich bin froh wenn ich helfen kann. Ist ja meine erste Station als Trainer. Wo hast du angefangen?" fragte er weiter.

„ In Texas. Dort habe ich mich Stück für Stück hochgearbeitet."

„Texas" gab sich Matt beeindruckt. „Was hat dich dann hier her verschlagen? Vom Football State in die Provinz."

Der Coach, der gerade dabei war, sich ein Stück Apfel zu nehmen, hielt inne und sah Matt an. „Ach, ... Ich war früher an einer anderen Schule", antwortete er ausweichend. „Da gab es allerdings einige Veränderungen, und ich dachte, ich könnte hier vielleicht einen neuen Ansatz ausprobieren." Seine Antwort wirkte vage und ließ viele Fragen offen.

„Interessant", sagte Matt, als er auf den Coach blickte und versuchte, mehr aus ihm herauszulesen. „Und was hat dich dazu gebracht, den Wechsel hierher zu wagen?"

Der Coach schien einen Moment lang nachzudenken, dann grinste er. „Weißt du, manchmal geht es nur um den Ort an dem man sich wohlfühlt. Und dieser hier fühlte sich gut an."

Matt nickte. Doch bevor er weiter nachhaken konnte, kam Tim auf sie zu. Er klopfte dem Coach freundschaftlich auf den Rücken und grinste. „Also, Coach, du bist ja heute schwer beliebt bei Sarah, was?", sagte er mit einem

Augenzwinkern.

Der Coach lachte kurz auf, ein bisschen verlegen, dann nickte er. „Ja, sieht so aus."

„Sie ist wirklich... ein Blickfang, oder?" Tim schob die Worte heraus, während er Matt ansah und auf eine fast verschwörerische Weise grinste. „Du weißt schon, was ich meine."

Der Coach schmunzelte und nickte zustimmend. „Ja, das kann man wohl sagen."

Matt ekelte sich bei dem Gespräch und sah wie die Blicke der beiden Männer sich auf Sarah richteten. Er wusste, was Tim vorhatte und deshalb widerte der Coach ihn an. Vielleicht war es die Art, wie der Coach darauf reagierte, oder die Tatsache, dass er so offen darüber sprach. Es kam ihm mit allem was er bisher herausgefunden hatte einfach nur krank vor.

„Ich denke, nächstes Jahr wenn sie 18 ist wird sie einer Menge Jungs den Kopf verdrehen", sagte Matt schließlich und lenkte das Gespräch zurück auf die eigentliche Aufgabe. Der Coach nickte, und Tim lachte.

„Ich glaube sie sucht eher einen richtigen Mann und keinen von den Jungs." antwortete der Coach.

In Matt staute sich echter Hass auf. Am liebsten hätte er Coach Harrison sofort die Nase gebrochen. Aber er musste sich fokussieren. Zum Glück übernahm Tim die Initiative.

„So wie sie Coach. Da können wir nicht mithalten."

„Schon möglich." grinste er lüstern. „Wenn ihr mich jetzt entschuldigt. Ich habe noch etwas zu erledigen."

Der Coach ließ die beiden stehen und ging in Richtung Sarah.

„Ich glaub es nicht" prustete Tim los kaum das Harrison außer Reichweite war. „Wer fällt den auf so einen perversen Bastard rein?"

Matt schaute ihn an und erzählte ihm von dem Telefonat mit John und was sie über Lyla herausgefunden hatten. Das es tatsächlich jemand neues gab und das seine Initialen C.H. waren.

Tim wurde blass und er sah aus als müsse er sich jeden Moment übergeben. Seine Stimme war eine Mischung aus Wut, Trauer und bitterer Enttäuschung als er Matt anschaute und fragte.

„Lyla und C.H. Coach Harrison?"

Matt schaute Tim verständnisvoll an und nickte. „Ich befürchte, ja."

Kapitel 21

Matt saß in seinem Pick-up auf dem Weg nach Hause und der monotonen Klang des Motors hallte durch den Wagen. Die letzten Stunden waren aufwühlend gewesen. Er hatte Tim auf dem Parkplatz der Schule zurückgelassen, nachdem er ihn beruhigt hatte. Tim hatte die Neuigkeiten kaum fassen können, war emotional völlig überfordert gewesen. Der Gedanke das der Coach etwas mit seiner Lyla angefangen hatte, hatte ihn erst wütend und dann traurig gemacht. Als er davon erfuhr war seine Welt auf ein Minimum zusammen geschrumpft und riss ihm quasi den Boden unter den Füssen weg. Er war Jung und brauchte in diesem Moment jemand der ihm halt gab. Matt hatte versucht so gut es ging für Tim dazu sein. Hatte mit ihm gesprochen und versucht zu erklären das er seinen Focus, auch wenn es Kraft kosten würde auf die Suche nach Lyla richten müsste. Alls weitere würde die Zeit im Anschluss schon regeln.

Matt ließ das Fenster einen Spalt weit runter, die frische Luft strömte ihm entgegen und half dabei seine Gedanken zu ordnen. Coach Harrison. Die Fotos. Texas. St. Mary's. Die Parallelen zu dem, was in der kleinen Stadt passiert war, waren kaum zu übersehen. Dann sein Verhalten gegenüber Sarah. Dieses lüsterne und zur Schau gestellte Kokettieren. Es war zu früh, um sicher zu sein, aber die Fragmente, die er in den letzten Tagen gesammelt hatte, ergaben ein recht deutliches Bild.

Der Truck rollte weiter, die Straße entlang, die sich langsam in die Richtung seines zu Hauses schlängelte. Doch noch bevor er die gewohnte Abfahrt nahm, entschloss er sich, einen kurzen Abstecher zu machen. Er musste mit dem Sheriff reden. Es gab zu viele Fragen, die Matt auf der Zunge brannten.

Kurze Zeit später fuhr er vor dem Büro des Sheriffs vor. Die Tür war geöffnet, und im Inneren konnte Matt ein paar Deputys sehen. Matt stieg aus und betrat das Gebäude.

„Matt?", rief Sheriff Miller der gerade aus seinem Büro kam, ihm irritiert zu.

„Ich muss mit dir reden, Cody", sagte Matt.

Der Sheriff blieb in der Büro Tür stehen, rief ein paar seiner Leuten Anweisungen zu und gab Matt zu verstehen er solle eintreten. Dieser schloss die Tür hinter sich und ließ sich auf dem Stuhl gegenüber nieder. „Es geht um den Coach."

Der Sheriff runzelte die Stirn. „Was hast du herausgefunden?"

„ Es sieht so aus, als ob er in Texas, an der St. Mary's Schule, gearbeitet hat", antwortete Matt ohne Umschweife. Es gibt da einen Fall, der... na ja, ziemlich ähnlich zu dem hier ist. Dort ist auch ein Mädchen verschwunden und nie wieder aufgetaucht. Weißt du etwas darüber?"

Sheriff Miller hob die Arme in seinen Nacken und lehnte sich in seinem Stuhl zurück. „Nein das höre ich zum ersten mal. Das er irgendwo von Texas her gekommen ist, daran erinnere ich mich. Soweit ich weiß war das aber in Amy`s Fall damals nicht relevant."

Er blickte zu Matt. „Wenn es dort aber parallelen gab wäre es natürlich für unsere Ermittlungen schon hilfreich gewesen das zu wissen."

„Wie konnte so was Untergehen? Bei einem Background Check hätte das doch sofort auffallen müssen."

Cody wendete den Blick ab. „Vor fünf Jahren war ich noch nicht Sheriff sondern nur einer von mehreren Deputys. Mein Vorgänger nahm manche Dinge nicht so genau. Es gab wenig Personal, wenig Ressourcen." Er zuckte mit den Schultern. „Wir haben unsere Arbeit so gut es ging gemacht. Aber die Suche nach Amy hatte natürlich Priorität. Als wir dann mit Coach Harrison einen Verdächtigen hatten dauerte es nicht lange und uns wurde befohlen nach einer anderen Spur zu suchen. Ich schätze dadurch sind nicht alle möglichen Hinweise zusammengetragen wurden."

Matt sah den Sheriff fragend an. „Was meinst du mit es wurde euch befohlen in eine andere Richtung zu ermitteln? Gab es den noch andere Verdächtige?"

„Nur die üblichen", antwortete Cody mürrisch. „Ex Freunde, registrierte Straftäter, Schieber banden. Aber jede Spur verlief sich. Der Coach war unser bester Ansatz aber mein Ex Chef war von Anfang an der Meinung das Amy einfach nur getürmt wäre. Er entschied das die Ermittlungen damals eingestellt wurden. Aber warum, das konnte niemand so recht erklären. Offiziell wurde gesagt, dass nicht genug Beweise da waren, um eine Anklage zu erheben."

Matt nickte nachdenklich. „Aber was, wenn das nicht stimmt? Was, wenn die Ermittlungen absichtlich gestoppt wurden?"

Der Sheriff sah ihn einen Moment lang an, als ob er die Bedeutung dieser Frage abwägen würde. Schließlich seufzte er. „Der Direktor der Schule war damals in die Entscheidung verwickelt. Es gab Hinweise, dass er irgendwie Einfluss auf das Ganze genommen hat, damit die Sache nicht der Schule auf die Füße fällt."

„Der Direktor?", wiederholte Matt. „Aber warum sollte er das tun?"

„Er ist sehr einflussreich. Und er war damals schon mit ein paar Leuten ziemlich gut vernetzt", erklärte Cody, der sich in seine Erinnerung vertiefte. „ Direktor Harris war es der den Coach an die Schule geholt hat. Wenn dann so etwas rauskommen würde. Was denkst du! Und Gerüchten zufolge wollte er in die Politik gehen. Hat sich über die Jahre einen gewissen Ruf aufgebaut. Und jetzt hört man immer öfter, dass er für das Bürgermeisteramt kandidieren will."

Matt dachte nach. „Und was weiß man sonst über ihn?"

„Nun, offiziell ist er ein respektierter Mann. Er ist ziemlich vermögend. Aber niemand weiß so genau, woher sein Vermögen kommt. Es wird gemunkelt, dass er einiges geerbt hat. Aber das ist nie bestätigt worden. Jedenfalls ist er nicht der Typ, der viele Fragen zu seinem Geld beantwortet. Und er hat Macht, Matt. Viel mehr, als die meisten hier denken."

„Das klingt nicht gut", murmelte Matt, als er darüber nachdachte. „Und es erklärt einiges."

Der Sheriff schaute besorgt. „Ich werde mir die Akte aus Texas anfordern. Wenn es mittlerweile drei Fälle gibt und alle mit dem Coach in Verbindung stehen muss ich ihn genauer unter die Lupe nehmen. Direktor Harris hin oder her."

„Ja, Coach Harrison solltest du ihm Auge behalten."

Der Sheriff nickte, doch in seinen Augen lag eine warnende Ernsthaftigkeit. „Vorsicht, Matt. Wenn du neue Beweise hast und uns nicht darüber informierst nimmt das vielleicht kein gutes Ende für das Mädchen. Und für dich auch nicht!"

„Ich weiß", antwortete Matt.

„Gibt es also noch etwas was du mir vielleicht mitteilen möchtest?"

Matt dachte kurz nach. Würde er jetzt den Sheriff über die Fotos einweihen oder von den Initialen und den Textnachrichten erzählen, könnte der Vorteil den er gegenüber dem Coach hatte auf einen Schlag dahin sein. Cody würde Coach Harrison festnehmen und die Wahrheit würde vielleicht nie an Tageslicht kommen. Das konnte er nicht riskieren. Es blieb ihm keine andere Wahl. Er musste lügen.

„Nein, Sir", gab er etwas sarkastisch zur Antwort. „Im Moment scheint das alles zu sein was wir wissen."

„Wie gesagt. Vorsichtig. Und ich erwarte das wenn neue Hinweise auftauchen du mich unmittelbar in Kenntnis setzt. Sind wir uns da einig?" gab der Sheriff klar zu verstehen mit einem Ausdruck im Gesicht der keine Zweifel daran ließ wie ernst er es meinte.

Matt nickte stumm, dann ging er aus dem Büro und machte sich auf den Heimweg.

Kapitel 22

Matt war zuhause angekommen. Er hatte sich in einen alten Stuhl auf die Veranda gesetzt. Er zog eine Packung Zigaretten aus der Tasche. Das vertraute Rascheln des Papierzelts, als er eine herauszog, ließ für einen Moment Frieden in ihm aufkommen. Der Rauch zog langsam in die Luft und verschwand, genauso wie die Gedanken, die er versuchte zu ordnen.

John hatte ihm eine Reihe von Akten geschickt, und Matt machte sich an die Arbeit diese zu sichten. Der Coach, die Chatverläufe, das Bild, das sich immer mehr zu einer düsteren Wahrheit zusammenfügte. Matt blätterte durch die Seiten und nahm sich zuerst die Aufzeichnungen über Lylas Chat Verläufe vor. Es war viel zu viel, als dass er alles auf Anhieb sichten konnte. Doch etwas an den Nachrichten, die er las, stach ihm sofort ins Auge.

Der Coach hatte mit Lyla in privaten Chats kommuniziert, doch die Art, wie er sich ausdrückte, passte nicht zu dem Bild, das Matt von ihm hatte. Die Nachrichten waren viel zu kultiviert, zu überlegt, als dass sie wirklich von dem Coach selbst stammen könnten. Der war ein Mann, der es gewohnt war, schnell zu handeln, eher direkt, vielleicht sogar etwas grob in seiner Wortwahl. Doch diese Chatverläufe... Sie waren durchdacht, fast schon eloquent, als ob jemand anderes sie für ihn geschrieben hatte.

Während er sich weiter durch die Unterhaltungen scrollte, stieß er auf eine Nachricht, die seine Augen zusammenkniffen ließ. Lyla und der unbekannte Mann, von dem bisher niemand wusste, hatten sich offenbar auf geheime Treffen geeinigt – Treffen, die immer im Verborgenen stattfanden, fernab der neugierigen Blicke der Öffentlichkeit. „Keine Zeugen", hatte der Unbekannte geschrieben. „Wir müssen vorsichtig sein, niemand darf von unseren Treffen erfahren."

Das passte überhaupt nicht zu dem Bild, das die Zeugen über

die Treffen zwischen Amy und dem Coach gezeichnet hatten. Sie hatten ausgesagt, dass die beiden zusammen gesehen worden waren, oft an öffentlichen Orten, wo es kaum möglich war, ihre Begegnungen zu verbergen. Warum also diese geheimen Treffen im Verborgenen? Warum all diese Verschleierung?

Matt fühlte, das etwas nicht stimmte. Die Geschichte, die die Akten erzählten, passte nicht zusammen. Etwas war falsch. Und das war nicht nur eine vage Vermutung – es war eine konkrete Erkenntnis, die sich aus den Widersprüchen in den Informationen ergab. Er war lang genug in dem Job gewesen und viel zu gut ausgebildet worden um das zu übersehen.

Plötzlich unterbrach das Klingeln seines Handys die Stille. Er zuckte zusammen, ließ den Stift, den er in der Hand hielt, auf den Tisch fallen und griff nach dem Gerät. Die Nummer auf dem Display kannte er nur zu gut.

„Hallo", sagte eine vertraute, aber gleichwohl distanzierte Stimme. „Wie geht's dir?"

Es war Julia, seine Ex. Die Verbindung zwischen ihnen war immer geblieben.

„Hi, Julia", antwortete Matt und versuchte, die Ablenkung zu ignorieren. „Alles gut soweit. Und bei dir?"

„Auch gut", sagte sie, ein bisschen zu schnell. Matt konnte den leichten Unterton in ihrer Stimme hören – sie wollte das nicht aber es war zu offensichtlich. „Was machst du so?"

„Nicht viel", sagte er und warf einen Blick auf die Akten, die vor ihm lagen. „Arbeiten. Viel zu tun."

„Ach, das hört sich spannend an", sagte sie mit einem leichten Lächeln, das er durch die Leitung zu hören glaubte. „Kommst du weiter bei dem Mädchen? "

„Vielleicht", antwortete er kurz. Das Gespräch, so harmlos es auch war, fühlte sich irgendwie schwer an. Es gab immer noch zu viele ungesagte Worte zwischen ihnen.

„Okay, dann pass auf dich auf. Ich wollte nur wissen ob es

dir gut geht", sagte Julia und legte auf, bevor er noch etwas erwiedern konnte.

Matt starrte auf das Display, das jetzt nur noch den leeren Hintergrund seines Startbildschirms zeigte. Er atmete tief durch und griff wieder nach den Akten. Doch dieses Mal konnte er sich nicht vollständig auf die Worte konzentrieren. Sein Kopf war zu voll von den Fragen, die die Akten aufwarfen.

Warum waren diese Treffen so geheim? Das passte nicht zu den Zeugenaussagen. Die Zeugen hatten berichtet, dass der Coach oft in der Nähe von Amy gesehen wurde, aber nie heimlich oder in versteckten Ecken der Stadt. Ihre Treffen waren öffentlich, waren sichtbar. Die geheimen Nachrichten von Lyla und dem Unbekannten wiesen aber in eine ganz andere Richtung. Hatte der Coach vielleicht dazu gelernt? War er nach Amys verschwinden vorsichtiger geworden?

Matt nahm einen tiefen Zug von seiner Zigarette und ließ den Rauch langsam ausströmen. Etwas stimmte hier nicht. Die Verwirrung wurde größer je mehr er sich mit den Akten beschäftigte. Er musste weitergraben. Irgendwo, in all diesen verschwommenen Informationen, lag die Wahrheit. Und er würde sie finden – egal, wie tief er dafür graben musste.

Lyla saß auf dem Bett, die Knie an die Brust gezogen, ihre Arme fest um ihre Beine geschlungen, als könnte sie sich dadurch irgendwie schützen. Ihr Gesicht war nass von den Tränen, die unaufhörlich liefen. Die Welt um sie herum war verschwommen – sowohl durch den Schleier der Tränen als auch durch das unaufhörliche Zittern, das sie nicht mehr unter Kontrolle hatte.

Wie konnte sie sich nur so geirrt haben? Wie konnte sie so blind gewesen sein, all die Zeichen zu übersehen? Der Gedanke, dass sie sich so sehr in ihm getäuscht hatte, ließ einen kalten Schauer über ihren Rücken laufen. Er, der

Mann, dem sie geglaubt hatte. Der Mann, der ihr immer wieder versichert hatte, dass er sie verstand, dass er sie beschützen würde. Sie hatte geglaubt, dass er anders war als die anderen. Doch nun wusste sie es besser.

Er hatte sein wahres Gesicht gezeigt. Und es war nichts als ein kaltes, gefühlloses Abbild dessen, was sie sich in ihren schlimmsten Albträumen nicht hätte ausmalen können. Was sie in diesem Moment fühlte, war nicht nur Angst – es war pure Verzweiflung. Sie war in eine Situation hineingeraten, aus der es kein Entkommen zu geben schien. Und der Gedanke, dass sie das alles nicht hatte kommen sehen erfüllte sie mit Scham.

Der Raum war still, zu still. Keine Geräusche von draußen, keine Schritte auf dem Flur – nur die eigene Atmung, die sich in ihrem Ohr wie ein dumpfer Schrei anhörte. Die Stille war erdrückend.

Und in dieser Stille, die mit jeder Sekunde schwerer wurde, wusste sie eines: Es gab keinen Weg zurück. Ihr Leben war jetzt in Gefahr. Etwas das sie viel zu spät begriffen hatte.

Kapitel 23

Es war früh am Morgen, und die Sonne gerade erst aufgegangen, als Matt mit seinem Hund Scott durch den leicht feuchten Grasweg ging. Der frische Duft der Morgendämmerung lag in der Luft. Scott, lief wie immer ohne Leine, bereit, an jedem Gebüsch zu schnüffeln oder einem Vogel hinterher zu rennen. Es war der Moment des Tages, in dem Matt seine Gedanken ein wenig ordnen konnte. Er ließ sich den letzten Abend und Lylas Chatverläufe nochmal durch den Kopf gehen.

Er nahm einen tiefen Zug an seiner Zigarette und zog das Handy aus der Tasche. Er musste Sarah kontaktieren. Matt hatte ihr versprochen auf sie acht zu geben und er wollte wissen, wie es mit Coach Harrison lief. Sie war der entscheidende Faktor in diesem ganzen Durcheinander, ihre Beobachtungen und ihre Nähe zum Coach waren das, was ihm half, die Puzzleteile richtig zu ordnen.

Matt wählte ihre Nummer und wartete, während das Handy in seiner Hand vibrierte.

„Hey Mr. Donavon, alles okay?" Sarahs Stimme war freundlich.

„Hi Sarah. Bei mir ist alles in Ordnung. Wie ist es mit dem Coach gelaufen?"

Es war kurz still am anderen Ende, dann war das Klirren einer Tasse zu hören. Sarah antwortete. „Wir haben uns ein paar Mal geschrieben. Nichts Großes, aber ich denke, er ist interessiert."

Matt zog die Augenbrauen zusammen und ging ein paar Schritte weiter, Scott an seiner Seite. „Das ist schon mal ein Anfang. Wie schreibt er dir? Also von der Art der Nachrichten her. Ich meine sind sie eher plump oder subtil?"

„Hm, eher plump", antwortete Sarah nach einer kurzen Pause. „Er ist vorsichtig, aber es klingt schon so, als würde er... mehr wollen. Aber es ist schwer zu sagen. Vielleicht täusche ich mich auch."

Matt nickte, als ob sie ihn direkt vor sich sitzen hätte. „Gut, das wollte ich wissen. Hör zu, Sarah, könntest du ein Treffen an einem öffentlichen Ort vorschlagen? Irgendwo, wo es keine versteckten Ecken gibt. Wo sicher ist das ihr gesehen werdet."

„Ich kann es versuchen", antwortete sie, diesmal klang ihre Stimme etwas unsicherer. „Aber du weißt, ich will nicht, dass er sich unter Druck gesetzt fühlt. Wenn er wirklich so ist, wie du sagst..."

„Ich weiß, ich weiß", unterbrach Matt sie. „Aber es ist wichtig, dass wir wissen, woran wir sind. Es gibt einfach zu viele Fragen."

„Okay, ich werde es machen und dir dann Bescheid sagen", versprach Sarah.

„Danke", antwortete Matt und legte auf. Nun musste er abwarten. Es war ein riskantes Spiel, aber sie steckten ohnehin schon tief genug drin.

Matt ließ Scott noch an einem Baum schnüffeln und ging dann zum Truck, der in der Einfahrt parkte. Es war Zeit, sich auf den Weg zur Arbeit zu machen. Der Tag würde lang werden.

Wenig später fuhr Matt auf den Parkplatz der Schule, stieg aus und ließ erst mal Scott im Auto, wo er sich ausruhen konnte. Es war eine typische, unaufgeregte aber trotzdem hektische Atmosphäre, als er das Gebäude betrat. Als er den Flur entlangging, traf er auf Tim, der gerade aus einer der Toiletten kam. Tim, der immer noch ganz offensichtlich mit den Ereignisse zu kämpfen hatte, wirkte müde, aber entschlossen. Als er Matt sah, blieb er stehen und blickte ihm entgegen.

„Morgen, Matt", sagte Tim mit einem schüchternen Lächeln. „Wie geht's?"

„Morgen, Junge", antwortete Matt und nickte ihm zu. „Gut,

soweit. Hast du dich wieder gefangen?"

Tim zuckte mit den Schultern und ging mit ihm ein paar Schritte weiter. „Es geht mir besser. Aber ich bin immer noch irgendwie... verwirrt. Die Sache mit dem Coach ist einfach zu viel auf einmal. Ich... ich kann immer noch nicht richtig begreifen, was da wirklich vor sich geht."

Matt nickte verständnisvoll. „Verständlich", sagte er leise. „Hör zu, Tim, ich muss dich was fragen. Was denkst du über den Coach? Wie gibt er sich normalerweise, wenn er mit dir oder anderen spricht?"

Tim dachte einen Moment nach, dann schüttelte er den Kopf. „Eigentlich immer freundlich. Es war nie irgendetwas, das... komisch war. Er wirkt, eher wie ein Kumpel. Aber irgendwie hat sich das verändert. Vielleicht bilde ich mir das nur ein, aber seitdem..."

„Seitdem?" Matt hob eine Augenbraue.

„Seitdem das... weißt du, mit Lyla..." Tim hielt kurz inne, dann fuhr er fort. „Irgendwie scheint es als ob er sich anders verhält. Ich weiß nicht, ob ich mir das einbilde, aber ich hab das Gefühl, er ist viel unbedarfter geworden. So wie er sich gestern mit Sarah gegeben hat. Und diese Sprüche. So auffällig war das vorher nicht."

Matt ließ die Worte sacken. „Ich verstehe."

„Es ist nicht einfach", antwortete Tim leise. „Man möchte nicht glauben, dass jemand, dem man vertraut hat, so etwas tun könnte. Aber die Dinge, die wir herausgefunden haben... es ist schwer, das alles zu ignorieren."

„Ja, es ist schwer", sagte Matt und legte eine Hand auf Tim's Schulter. „Aber wir kommen dem Ganzen näher. Wir müssen einfach weiter dranbleiben."

„Du hast recht", sagte Tim, jetzt etwas entschlossener. „Aber es fühlt sich einfach komisch an."

„Ich weiß", antwortete Matt. „ Wir sehen uns nachher beim Training", und mit einem letzten Blick auf Tim ging er in

Richtung Aufenthaltsraum.

Der Tag hatte zwar gerade erst begonnen, doch das Gefühl, dass sich alles in eine merkwürdige Richtung bewegte, ließ ihn nicht los.

Wieder holte er sein Handy heraus und tippte eine Nachricht. *„Hey Bruder, ich muss noch einen gefallen einfordern. Kannst du herausfinden ob die Nummer mit der Lyla geschrieben hat irgendwie mit dem Coach in Verbindung steht?"*

Die Antwort ließ nicht lange auf sich warten. *„Hatte ich direkt als aller erstes gecheckt. Die Nummer gehört zu einem Prepaid Handy. Auch die IP Adresse vom Chat lässt sich nicht zurück verfolgen. Ein Idiot scheint euer Coach also nicht zu sein."*

Matt hätte kotzen können. Die Textnachrichten, die Abkürzung C.H. - alles hatte so gut zusammengepasst. Doch nach dem was er gestern Abend in den Akten gelesen hatte und von Sarah und Tim gehört schien der Fall nicht mehr so klar. Ohne einen Nummernnachweis hatte er nichts Brauchbares in der Hand. Matt musste einen Beweis finden das Harrison die Nachrichten geschickt hatte. Jetzt blieb ihm aber nichts anderes übrig als abzuwarten und darauf hoffen das Sarahs Versuch den Coach in eine Falle zu locken Erfolgreich war. Falls nicht stand er wieder bei null und die Suche nach dem unbekannten würde von vorne beginnen.

Kapitel 24

Die Stunden schienen endlos. Jeder Moment dehnte sich wie Kaugummi, bis Matt fast das Gefühl hatte, die Zeit würde stillstehen.

Matt hatte seine Arbeit als Hausmeister erledigt. Danach war er beim Football Training gewesen, das mit einigen intensiven Übungen abgeschlossen worden war. Außer das der Coach viel Zeit mit seinem Handy verbrachte hatte konnte er nichts ungewöhnliches feststellen. Nun saß er zusammen mit Scott im Park, der sich direkt hinter der Schule erstreckte. Der Park war fast leer, nur einige Schüler liefen entlang der Wege, in Gespräche vertieft oder in Gedanken versunken.

Doch Matt interessierte das nicht. Alles, was ihn beschäftigte, war Sarah und die Nachricht, auf die er hoffte. Er blickte immer wieder auf sein Handy, als würde das Gerät ihm die Antwort förmlich entlocken können. Doch nichts geschah.

Und dann, nach einer gefühlten Ewigkeit, endlich – ein Signal. Ein Ton. Die Nachricht war eingetroffen.

Matt hielt kurz inne, bevor er das Display seines Handys anschaute. Er las die Worte von Sarah, die ihm endlich mitteilte, worauf er schon den ganzen Tag gewartet hatte: Der Coach wollte sich mit ihr treffen. Es war eine Nachricht, die Matt gleichzeitig erleichterte und erneut beunruhigte.

„Der Coach will sich mit mir treffen", schrieb Sarah. „Ich habe das Gilmore Café vorgeschlagen, das recht zentral liegt. Er will um 19 Uhr da sein."

Matt lehnte sich zurück und zündete sich eine Zigarette an. Die Spannung in seinen Schultern löste sich etwas. Sein Verdacht jedoch erhärtete sich. Wenn der Coach bereit ist sich in einem öffentlichen Cafe zu treffen konnte er unmöglich der geheimnisvolle neue Freund von Lyla sein. Dieser hatte wert darauf gelegt die gemeinsamen Treffen im verborgenen abzuhalten. Außerdem drückte er sich kultiviert und gewandt aus. Also alles was auf Coach Harrison nicht zu traf. Trotzdem sollte man dieses Schwein aus dem Verkehr ziehen dachte sich Matt.

„Gut", tippte er die Antwort, „fahr alleine zum Cafe. Lass dich nicht von ihm abholen! Ich werde schon vor dir da sein und das ganze aus der Ferne beobachten. Sobald der Coach da ist, werde ich dazu kommen. Ich werde dann das Gespräch übernehmen."

Er schickte die Nachricht ab und sah auf, um Scott anzusehen. „Jetzt geht es los."

Es war Zeit endlich Bewegung in die Sache zu bringen. Und es war Zeit, den Sheriff ins Spiel zu bringen. Doch er wusste, es war noch nicht der richtige Zeitpunkt, alles preiszugeben. Er musste zuerst noch eine Sache in Erfahrung bringen, etwas um sicher zu gehen dass er auf dem richtigen Weg war.

Er wählte die Nummer des Sheriffs und wartete. Das Freizeichen drang monoton in seine Ohren, bis sich schließlich eine Stimme am anderen Ende der Leitung meldete.

„Sheriff Miller hier", ertönte die kräftige Stimme.

„Cody, ich bin`s Matt. „Ich habe neue Informationen", sagte Matt, seine Stimme ruhig, aber bestimmt.

„Neue Infos?" der Sheriff klang sofort aufmerksamer. „Woher kommen diese Informationen, Matt?"

„Das kann ich nicht am Telefon erklären. Es ist noch zu früh, um dir alles zu sagen", antwortete Matt. „Ich muss vorher noch eine Sache in Erfahrung bringen, bevor ich mir sicher sein kann. Aber ich möchte, dass du um 19.30 Uhr zum Gilmore Café kommst. Dort wird sich alles aufklären."

Für einen Moment herrschte Stille auf der anderen Seite der Leitung. Matt wusste, dass Cody ein Mann war, der in seiner Arbeit keine Geduld für Geheimniskrämerei hatte. Er war direkt, handelte schnell und effizient, aber auch pragmatisch genug, um zu verstehen, dass manchmal eine präzise Vorbereitung nötig war. Doch das bedeutete nicht, dass er es mochte, fern gesteuert zu werden.

„Matt, was genau geht hier vor sich? Ich habe keine Zeit für diese Spielchen". Seine Stimme klang missbilligend.

„Ich weiß, Sheriff, aber es geht hier um mehr als nur ein paar vage Hinweise. Ich bin mir sicher, dass ich auf dem richtigen Weg bin, aber ich brauche noch ein bisschen Zeit, um das alles zu überprüfen. Du wirst es verstehen, wenn du erst einmal da bist", erklärte Matt.

„Und was genau wird sich dort aufklären, Matt? Geht es um Lyla?" Miller klang nun eher misstrauisch als neugierig.

„Vertrau mir einfach", erwiderte Matt. „Du wirst es früh genug erfahren."

„Verdammt, du bist ein harter Brocken, Matt", murmelte der Sheriff, bevor er dann laut seufzte. „Gut, aber wenn du mir nicht sagst, was da abgeht, erwarte ich von dir, dass du mir danach alles erklärst."

Matt grinste leicht. „Keine Sorge, Cody. Also 19.30 Uhr im Café. Ich zähle auf dich."

„In Ordnung, Matt", sagte der Sheriff schließlich, und der Klang seiner Stimme verriet eine Mischung aus Frustration und Resignation.

„Danke", antwortete Matt, bevor er auflegte.

Er lehnte sich zurück. Ein kleiner Teil von ihm fühlte sich erleichtert, dass der Sheriff nun mit an Board war. Wenn er recht hatte und heute Abend den Beweis dafür fand das der Coach nicht der geheimnisvolle Neue von Lyla war, empfand er es nur als richtig das der Sheriff sich um ihn kümmert und Harrison für seine Mädchen Fantasien und Fotos zur Rechenschaft gezogen wird. Für Matt war der Coach dann auf der suche nach Lyla nutzlos.

Kapitel 25

Matt saß in seinem Auto, das auf der gegenüberliegenden Straßenseite des Gilmore Cafés geparkt war. Der Blick aus dem Fenster zeigte den Eingangsbereich des kleinen, gemütlichen Cafés, dessen rotes Schild bei Dämmerung fast magisch wirkte.

Es war kurz vor 19 Uhr, und Matt wusste, dass es jetzt kein Zurück mehr gab. Die Uhr tickte. Er hatte sich bewusst früh hierhin begeben, um sich einen Überblick zu verschaffen und um sicherzustellen, dass er nicht zu spät kam. Der Plan war klar – er würde warten bis der Coach ein deutliches Interesse an Sarah zeigte und dann einschreiten.

Und dann kam sie. Sarah betrat das Café und ging mit ruhigem Schritt zum Außenbereich, wo Tische und Stühle im sanften Licht der Laternen standen. Sie trug eine schwarze Lederjacke und eine weiße Bluse. Ihre Bewegungen waren sicher, doch der Ausdruck in ihrem Gesicht verriet eine gewisse Anspannung. Sie setzte sich an einen der Tische, den sie wohl für das Treffen mit dem Coach für geeignet hielt, und legte ihre Tasche auf den Stuhl neben sich. Ihre Augen suchten unbewusst den Eingang, als ob sie auf jemanden wartete, was in diesem Moment natürlich auch der Fall war.

Matt konnte sie genau beobachten. Er nahm eine Zigarette und betrachtete die Situation weiter aus der Ferne. Er wusste, dass sich Sarah mit diesem Treffen unwohl fühlte, auch wenn sie versuchte, die Fassade einer selbstsicheren jungen Frau aufrechtzuerhalten.

Dann sah er ihn kommen.

Coach Harrison betrat das Café. Er war größer als Matt, mit breiten Schultern und einem markanten Kinn. Die Art, wie er sich bewegte, strahlte eine Selbstsicherheit aus, die in diesem Moment für Matt nichts anderes als Arroganz war. Als er Sarah erblickte, hellte sich sein Gesicht auf, und er ging zu ihrem Tisch.

Er setzte sich ihr gegenüber, ein charmantes Lächeln auf den Lippen, das genau die Wirkung hatte, die er beabsichtigte – Sarahs Gesicht veränderte sich für einen Moment, sie wirkte entspannt, fast ein wenig verlegen.

Matt beobachtete jedes Detail. Der Coach legte seine Hände auf den Tisch, neigte sich leicht vor, um Sarah in die Augen zu sehen. Sein Blick war weich, zu weich, um noch von einem professionellen Gespräch zu sprechen. Es war mehr als nur Interesse an der Person Sarah, es war ein Spiel. Er versuchte, eine Verbindung aufzubauen, die weit über das angebrachte hinausging.

Für Matt war das genug. Es war der Beweis, den er gebraucht hatte. Der Coach hatte seine wahre Absicht nicht verborgen. Er wusste, dass es an der Zeit war, einzugreifen.

Er stieg aus dem Auto, schloss die Tür und ging mit schnellen Schritten über die Straße. Matt war fest entschlossen, und jeder Schritt fühlte sich richtig an.

Er kam am Tisch an, bevor der Coach etwas sagen konnte. Ohne ein Wort der Begrüßung, ohne die Geste des höflichen Abwarten, setzte er sich einfach auf den freien Stuhl neben Sarah.

Der Coach sah ihn überrascht an, und Matt begegnete seinem Blick mit einem entschlossenen, aber kühlen Blick. „Sarah, es ist Zeit zu gehen", sagte er ruhig, aber fest.

Sarahs nickt kurz, dann blickte sie verachtend auf den Coach, der nun ungeduldig die Augenbrauen hoch zog. Sie nahm ihre Tasche und verließ das Cafe.

„Matt, was soll das?", fragte der Coach, seine Stimme versuchte noch, eine freundliche Höflichkeit zu wahren, doch es war zu spät. „Ich glaube nicht, dass du hier derjenige bist, der sagt wer wann zu gehen hat."

Matt hielt seinem Blick stand, ohne ein Anzeichen von Nervosität. „Ich bin hier, um mit dir zu reden. Und das ist genau der Moment, in dem wir aufhören sollten mit den Spielchen."

Der Coach verzog keine Miene, doch die Spannung in der Luft war nun greifbar. Er ahnte, dass Matt hier war, um mehr als nur ein Gespräch zu führen. Doch er ließ sich nichts anmerken und nickte nur. „Wenn du das so siehst, Matt", sagte er leise, dann drehte er sich um und stand auf.

Matt griff über den Tisch, packte Harrisons Handgelenk und drückte zu. „Hinsetzen".

Mit schmerzverzerrtem Gesicht nahm der sichtlich wütende Coach wieder Platz.

„Findest du das angemessen dich mit einer 17 Jährigen zu treffen?" fragte Matt.

Der Coach schaute verlegen und entgegnete, „ Geht es dir darum? Hier ist nichts verwerfliches passiert und außerdem wird Sarah nächstes Jahr 18."

Am liebsten hätte er ihm sofort ein paar Knochen gebrochen doch Matt blieb weiter ruhig. „War es in St. Marys auch so?" fragte er offen heraus.

„Was soll da gewesen sein?" der Coach blickte irritiert.

„Hast du dich da auch an die Mädchen ran gemacht? Bist du deswegen hier gelandet anstatt in Texas kariere zu machen?"

Harrison antwortete nicht.

„ Ich weiß von dem vermissten Fall. Und ich weiß auch das du in Amys Fall verdächtigt wurdest."

Matt achtete genau auf die Reaktion des Coaches.

„Und?" antwortete dieser mit gespielter Coolness.

„Findest du es nicht ein bisschen Seltsam das ein notgeiler Bock wie du in zwei Unterschiedlichen Staaten arbeitet, an zwei unterschiedlichen Schulen und genau in dem Zeitraum immer wieder Mädchen spurlos verschwinden. Ich persönlich glaube ja nicht an solche Zufälle."

Coach Harrison schaute fassungslos ins leere. Matt entging das nicht. Er war sich noch nicht hundertprozentig sicher, aber die Reaktionen die er sah passten einfach nicht zu jemanden der clever genug war um drei Mädchen spurlos verschwinden zu lassen. Deshalb entschloss er sich den Druck noch ein wenig zu erhöhen.

„Wo ist Lyla?"

Kapitel 26

Matt starrte ihm ins Gesicht. „Ich will wissen, was du mit Lyla getan hast."

Der Coach schnaubte, als sei er von den Worten überrascht, doch schnell trat ein ungläubiges Staunen in seine Augen. „Du beschuldigst mich also, an ihrem Verschwinden schuld zu sein?", fragte er, seine Stimme voller Empörung. „Was zum Teufel redest du da, Matt?"

Matt konnte die Erregung in der Stimme von Harrison hören. Doch er blieb cool. Er hatte nicht vor, sich in den Wogen der Empörung des Coaches verstricken zu lassen. „Du warst in St.Marys als genau das selbe passiert ist. Du warst der Verdächtige bei Amys verschwinden. Du hast dich merkwürdig verhalten. Du hast ein Interesse an Sarah gezeigt, das über das hinausgeht, was akzeptabel ist. Und du hast auch Lyla nachgestellt. Dann ist sie plötzlich verschwunden."

Harrisons lehnte sich näher ran, seine Miene hart wie Stein. „Du hast keine Ahnung, wovon du redest, Matt. Ich habe damit nichts zu tun."

Matt schüttelte den Kopf. „Ich weiß von den Fotos."

Der Coach erstarrte für einen Moment. Seine Schultern zuckten leicht. Er sah Matt scharf an, als er versuchte, die Situation zu kontrollieren, doch seine Miene verriet mehr, als er wohl zugeben wollte.

Er schien für einen Moment zu schwanken, dann schüttelte er langsam den Kopf. „Du verstehst das nicht, Matt", sagte er mit zitternder Stimme.

Matt sah ihn mit festem Blick an. „Weiter!"

Der Coach rutschte auf seinem Stuhl zurück, seine Hände fuhren nervös durch sein Haar. „Ich... Ich gebe zu, dass ich mich von den Mädchen angezogen gefühlt habe", begann er schließlich, der Blick in seinen Augen war jetzt voll von einer Mischung aus Verlegenheit und Verzweiflung. „Aber das war es auch. Ich habe nie etwas getan, das über... das Aufnehmen von ihnen hinausgegangen ist. Und schon gar nicht mit Lyla. Du musst mir glauben, Matt."

„Und wie erklärst du dir dann, dass Lyla verschwunden ist?", fragte Matt scharf. „Und Amy?"

Harrison senkte den Blick. „Ich weiß, wie das aussieht. Aber ich hatte nichts mit ihrem Verschwinden zu tun", sagte er, seine Stimme nun fast flehend. „Ich war ein Idiot, das gebe ich zu. Ich habe Fehler gemacht, aber ich habe sie nie in Gefahr gebracht."

„Du hast sie also nie in irgendeiner Weise bedrängt?", fragte Matt, der sich nicht so leicht abwimmeln lassen wollte.

„Nein", sagte der Coach vehement. „Ich habe nie etwas getan, was über das hinausging, was auf den Fotos zu sehen ist. Sie ist einfach... verschwunden."

Es war ein Geständnis ohne Geständnis. Der Coach gab zu, dass er sich von den Mädchen, insbesondere von Lyla, angezogen fühlte. Aber er stritt vehement ab, dass er in irgendeiner Weise an ihrem Verschwinden beteiligt war.

„Ich will dir glauben, Coach", sagte Matt schließlich. „Aber dafür brauche ich Beweise."

Er studierte das Gesicht des Coaches, dessen Züge waren verzerrt von Nervosität und Verzweiflung.

„Wie soll ich das den Beweisen um Himmelswillen?"

„Gib mir dein Handy" sagte Matt.

Der Coach blickte ihn misstrauisch an. „Was soll das jetzt, Matt? Warum soll ich dir mein Handy geben?"

„Weil du weißt, dass du mir nicht die komplette Wahrheit gesagt hast", sagte Matt mit fester Stimme. „Und wenn du wirklich nichts zu verbergen hast, dann zeig mir deine Nachrichten. Vor allem die mit Sarah. Ich will sehen, was du mit ihr geschrieben hast."

Der Coach starrte ihn an, als ob er überlegte, ob er sich

wehren sollte. Doch nach einem Moment des Zögerns schien er zu begreifen, dass er nicht entkommen konnte. Er hatte sich in eine Ecke manövriert, und Matt war bereit, alles zu tun, um die Wahrheit herauszufinden.

Widerwillig zog der Coach das Handy aus seiner Tasche und drückte es Matt in die Hand.

Matt nahm das Handy und entsperrte es. Es war das übliche Gerät eines Menschen, der viel unterwegs war – keine besonderen Apps, keine auffälligen Dinge. Doch als er in den Nachrichtenordner ging, begann er, genauer hinzusehen. Die Konversationen mit Sarah fielen ihm sofort ins Auge. Er scrollte durch die Nachrichten, las die anzüglichen Antworten des Coaches.

Matt starrte auf den Bildschirm. Es war der Beweis, den er gesucht hatte. Der Coach hatte definitiv nicht mit C.H. unterschrieben.

„Ich wusste es", sagte Matt leise, während er das Handy zurück gab.

Der Coach schluckte, seine Augen suchten nach einer Erklärung.

Matt ignorierte Harrison und schaute auf die Uhr. Es war mittlerweile kurz vor halb acht. Er hatte alles, was er brauchte, um weiterzumachen – und er wusste, dass er sich nicht länger mit dem Coach aufhalten konnte.

Kapitel 27

Die Tür des Cafés öffnete sich, und die Glocke über dem Eingang klingelte leise. Sheriff Miller trat ein, seinen Hut fest auf dem Kopf. Er sah sich kurz um, seine Augen suchten Matt in der Menge, bis sie ihn schließlich am Fenster entdeckten.

„Matt", sagte der Sheriff, als er sich durch die Gäste schlängelte und an den Tisch trat. „Also,was ist hier los?"

Der Coach blickte verängstigt zu Matt.

Der sah Cody einen Moment lang an, bevor er langsam in seine Jackentasche griff. „ Es ist an der Zeit, dass der Coach zur Rechenschaft gezogen wird. Das hier wird dich Interessieren." Er nahm die Bilder und warf sie auf den Tisch.

Sheriff Miller setzte sich auf den freien Stuhl gegenüber von Matt und nahm eins in die Hand. Seine Augen verengten sich zu kleinen Schlitzen. „Wer hat die gemacht?"

Matt zeigte auf Harrison. „Schau sie dir genau an, Sheriff. Die Fotos zeigen eindeutig, dass der Coach die Mädchen ausspioniert hat und das nicht nur einmal. Eben hat er sich hier mit Sarah getroffen. Die Absichten sollten wohl offensichtlich sein."

Sheriff Miller betrachtete die Fotos aufmerksam. Die Bilder waren schockierend.

„Also, es war wirklich der Coach", murmelte der Sheriff, als er das letzte Bild betrachtete, mit einem Blick, der mehr verriet, als Worte je ausdrücken konnten. „Er hat uns die ganze Zeit an der Nase herumgeführt."

„Ja", sagte Matt, während er die Fotos wieder einsteckte.

Cody erhob sich und trat einen Schritt vor. „Ich denke, wir müssen reden, Coach. Und zwar über Dinge, die Sie lange genug verborgen haben."

Harrison schnaubte „Ich weiß nicht, wovon Sie reden,

Miller. Es gibt hier nichts zu besprechen. Niemand ist zu schaden gekommen und ich bin immer noch der verdammte Football Trainer."

Matt stand ebenfalls auf und stellte sich ihm direkt gegenüber. „Hören sie auf zu reden, Coach. Ich habe alles, was ich brauche. Die Fotos, die Nachrichten, Sarah – die Beweise sind erdrückend."

Der Coach schüttelte den Kopf, seine Wangen färbten sich rot, als die Panik in ihm zunahm. Er wich einen Schritt zurück, doch der Sheriff trat näher heran und legte ihm eine Hand auf die Schulter. „Es ist vorbei, Coach. Wir haben genug Beweise, um Sie festzunehmen."

Er starrte den Sheriff mit großen Augen an, als die Realität ihm langsam dämmerte. „Was? Nein! Sie können mich nicht einfach festnehmen!"

„Doch, können wir", sagte Sheriff Miller mit einem ernsten Blick. „ Sie werden sich jetzt mit zu mir ins Büro begeben, dort reden wir weiter. Es ist zu spät, um sich herauszureden."

Der Coach taumelte leicht, als ob er nicht ganz fassen konnte, was gerade geschah. „Ich habe nichts getan!"

„Das sehe ich anders", sagte der Sheriff mit einem festen Blick. „Kommen Sie bitte mit, Coach."

Die anderen Gäste im Café hatten die Szene bemerkt, und einige standen auf, um einen besseren Blick auf das Geschehen zu werfen. Doch der Sheriff kümmerte sich nicht um die Zuschauer, sondern konzentrierte sich auf den Coach, den er jetzt fest im Griff hatte.

Matt blieb zurück und beobachtete, wie der Coach sich widerstandslos abführen ließ. Alles was er getan hatte, würde nun ans Licht kommen.

Als der Sheriff und der Coach das Café verließen, atmete Matt tief durch. Er ging ebenfalls nach draußen und zündete sich erst mal eine Zigarette an.

„Hast du gut gemacht, Matt", sagte Sheriff Miller, zu ihm ,

bevor er ins Auto stieg. Wir sehen uns später auf dem Revier. Ich brauche von dir und dem Mädchen noch eine Aussage."

Matt nickte, ein kleines Lächeln auf den Lippen. „Danke, Cody. Aber die Sache ist noch nicht vorbei. Wir müssen immer noch herausfinden, was wirklich mit Lyla passiert ist.

Der Sheriff nickte.

Matt bemerkte Sarah und Tim, die auf einer Bank vor dem Café saßen. Sarah hatte den Kopf in die Hände gelegt, während Tim unruhig neben ihr stand.

Matt ging auf sie zu, und Sarah sah ihn aufgeregt an. Sie sprang auf, als sie ihn bemerkte. „Matt, was ist passiert? Ist alles in Ordnung?"

„Es ist vorbei", sagte Matt mit fester Stimme. „Der Coach wurde verhaftet. Er ist jetzt auf dem Weg zum Revier." Er machte eine kurze Pause, um sicherzustellen, dass seine Worte die richtigen waren. „Vielen dank für deine Hilfe, Tim. Du hast uns den entscheidenden Hinweis gegeben, und ohne dich hätten wir ihn nicht erwischt."

Tim, der bisher schweigend neben Sarah gestanden hatte, sah Matt mit einer Mischung aus Erleichterung und Stolz an. „Ich bin froh, dass ich helfen konnte."

Matt nickte ihm zu.

Sarah trat einen Schritt näher, ihre Augen durchbohrten Matt. „Und was passiert jetzt? Was passiert mit Lyla?"

Matt seufzte. „Jetzt beginnt die wahre Arbeit. Der Coach war nur ein Teil des Puzzles. Aber mit seiner Verhaftung haben wir wenigstens einen wichtigen Verdächtigen aus dem Spiel genommen."

„Du glaubst nicht, dass er sie entführt hat, oder?" fragte Tim, seine Stimme zögerlich.

Matt schüttelte den Kopf. „Hat er nicht. Da ist jemand anderes im Spiel. Es gibt noch zu viele Lücken in der Geschichte."

„Also geht es jetzt darum, die anderen zu finden?" fragte Sarah.

„Genau", sagte Matt und warf einen kurzen Blick auf sie. „Und das werden wir tun."

„Aber jetzt sollten wir erst mal zum Revier fahren", ergänzte er. „Der Sheriff wartet, und wir müssen alles, was wir wissen mit ihm besprechen. Vielleicht ergibt sich so eine neue Spur."

Gemeinsam machten sie sich auf den Weg zu ihren Autos. Tim und Sarah fuhren zusammen und Matt setzte sich ans Steuer seines Trucks.

Kapitel 28

Bis spät in die Nacht hatten sie im Revier gesessen. Matt hatte dem Sheriff alles erzählt: seinen anfänglichen Verdacht, das, was er über St. Mary's herausgefunden hatte, und die mysteriösen Nachrichten mit den Initialen „C.H.". Alles hatte sich nach und nach zusammengefügt, bis zu der Erkenntnis, dass der Coach nicht der geheimnisvolle Fremde war, wovon er ursprünglich ausgegangen waren. Die Nachrichten mit Sarah, die jetzt als Beweis dienten, bestätigten, dass.

Nach einem kurzen, unruhigen Schlaf fuhr Matt am nächsten Morgen zur Arbeit. Als er das Tor des Schulgeländes erreichte, war er überrascht, Bill dort zu sehen. Normalerweise war der zu dieser Zeit noch nicht auf der Arbeit. Matt parkte seinen Pick Up. Bill ging auf ihn zu, mit einer ernsten Miene, die alles andere als gewöhnlich für ihn war.

„Bill? Was machst du hier? Es ist noch früh", fragte Matt, als er aus dem Auto stieg.

Bill nickte nur und kam einen Schritt näher. „Es gibt da etwas, das du wissen solltest", sagte er mit gedämpfter Stimme. „Etwas, das du besser sofort erfährst."

Matt runzelte die Stirn. „Was ist los?"

„Du solltest ins Büro des Direktors kommen", antwortete Bill nur, als er zum Tor des Schulgeländes zeigte. „Es geht um den Coach."

Matt betrat das Büro von Direktor Harris mit einem mulmigen Gefühl im Magen. Es war eine ungewohnte Stille, die in der Luft lag, als er die Tür hinter sich schloss und sich dem Schreibtisch des Direktors näherte. Harris saß hinter seinem Schreibtisch, eine Hand auf der Stirn, als ob er versuchte, sich einen Überblick über die Situation zu verschaffen.

„Mr. Donavon", sagte Harris, als er aufblickte.

Matt blieb zunächst stehen. „Ich nehme an, sie haben schon gehört, was passiert ist."

„Ja", antwortete der Direktor. „Der Sheriff war hier, um mit mir zu sprechen. Der Coach… Er wurde verhaftet." Harris schüttelte ungläubig den Kopf. „Ich kann es immer noch nicht fassen, dass das passiert ist."

Matt setzte sich schließlich und starrte für einen Moment auf den Tisch, bevor er dem Direktor direkt in die Augen sah. „Er hat Dinge getan, die weit über seine Aufgaben als Lehrer und Trainer hinausgehen. Es ist gut das er jetzt aufgeflogen ist."

Der Direktor lehnte sich zurück und seufzte. „Ich kann das einfach nicht glauben. Der Coach hat hier so lange einen guten Ruf genossen."

„Er hat uns alle hinters Licht geführt, und es ist nicht das erste Mal." antwortete Matt. „Der Coach stand auch in Verbindung mit Amys verschwinden. Aber das wissen sie ja."

Harris saß nun völlig still, seine Gesichtszüge hatten sich verzerrt, als er die Worte verarbeitete. „Das ist eine ganz andere Sache. Aber was hat das mit ihnen zu tun?"

Matt zögerte einen Moment. „Ich habe selbst angefangen, nachzuforschen, als mir die Sache komisch vorkam. Dann habe ich Hinweise gefunden, die mich auf die Spur des Coaches gebracht haben."

„Ich verstehe", sagte Harris leise, und es war klar, dass er von dieser neuen Erkenntnis völlig erschüttert war.

„Sie haben also heimlich den Coach ausspioniert, ohne mich oder irgendjemand anderes einzuweihen?" Der Direktor klang sauer, und es war mehr als deutlich, dass er sich hintergangen fühlte.

„Ich habe so gehandelt, weil ich wusste, dass etwas nicht stimmte", antwortete Matt ruhig, versuchte sich zu beherrschen, auch wenn er wusste, dass der Konflikt unausweichlich war. „Der Coach hat sich falsch verhalten, und ich konnte nicht einfach zuschauen."

„Es war nicht Ihre Verantwortung!", fuhr Harris wütend fort. Sie haben gegen alle Regeln verstoßen, Matt. Sie hätten es melden müssen!"

„Habe ich ja auch", entgegnete Matt, und seine Stimme blieb dabei ruhig, obwohl er innerlich brodelte. „Aber wenn sie sich erinnern Direktor Harris, haben sie den Coach vor fünf Jahren in Schutz genommen. Als die ersten Gerüchte auftauchten, dass er sich nicht korrekt verhält."

Der Direktor erstarrte für einen Moment, bevor er explodierte. „Sie wagen es, mir das vorzuwerfen?" Harris' Augen blitzten vor Wut. „Sie sind der Hausmeister, Mr. Donavon! Sie haben keine Ahnung von den Schwierigkeiten, die wir als Schule durchmachen mussten, als wir diese Gerüchte das erste Mal gehört haben! Wir konnten nicht einfach jemanden entlassen, nur weil es einen unbegründeten Verdacht gab!"

Matt trat einen Schritt näher. „Und genau deshalb haben sie damals weggeschaut, Harris. Sie haben den Coach gedeckt, weil das Image der Schule wichtiger wahr. Sie haben zugesehen, wie er weiter so mit den Mädchen umging."

„Das reicht!", brüllte der Direktor.

Matt atmete tief ein, versuchte ruhig zu bleiben, doch der Ärger stieg in ihm auf. „Ich habe nur dafür gesorgt, dass er zur Rechenschaft gezogen wird."

„Sie sind entlassen, Matt. Ab sofort. Ich dulde es nicht das hier hinter meinem Rücken solche Dinge ablaufen und ich dulde es ebenfalls nicht so mit mir reden zu lassen."

Die Worte trafen Matt wie ein Schlag. „Was?" fragte er fassungslos. „Sie entlassen mich wegen dem, was der Coach getan hat? Wegen dem, was sie selbst über Jahre hinweg ignoriert haben?"

„Ja, das tue ich", sagte Harris, seine Stimme jetzt eisig. „Sie sind hiermit fristlos entlassen, Mr. Donavon. Und ich will, nie wieder solch boshafte Unterstellung gegen mich hören."

Für einen Moment stand Matt einfach nur da und starrte den Direktor an, als könne er es nicht glauben.

„Das ist ihr letztes Wort?", fragte Matt schließlich, seine Stimme ruhig, obwohl er innerlich aufgebracht war.

Der Direktor nickte stur. „Ja, das ist mein letztes Wort."

„Ich schäme mich nicht", sagte Matt, der nun die Tür öffnete und sich umdrehte, um den Raum zu verlassen. „Denn ich weiß, dass ich das Richtige getan habe. Aber sie Witzfigur haben es versäumt, das zu tun, was notwendig gewesen wäre. Sie haben den Coach gedeckt, während er weiter Schaden angerichtet hat und nie den Mut gehabt, nach der Wahrheit zu suchen."

Mit einem letzten Blick, der voller Bitterkeit und Enttäuschung war, verließ Matt das Büro des Direktors. Er hörte die Tür hinter sich zuschlagen, ein endgültiges Geräusch, das ihn wissen ließ, dass es kein Zurück mehr gab.

Die Wut und der Ärger über die Entscheidung des Direktors brodelten in ihm, aber eine tiefere Überzeugung war stärker. Matt wusste, dass er das Richtige getan hatte – auch wenn es ihn seine Stellung gekostet hatte.

Kapitel 29

Matt lehnte sich zurück auf dem Sofa und ließ den Blick nachdenklich durch den Raum schweifen. Scott, lag zu seinen Füßen und schlief.

Er hatte gerade mit Julia telefoniert. Sie hatte gesagt, dass sie gegen Nachmittag zum Essen vorbeikommen würde, um ihn aufzumuntern. Sie konnte sich vermutlich schon denken, wie er sich fühlte. Matt war sich sicher, dass sie es gut meinte, aber in seinem Inneren brannte noch eine Frage, die ihn seit heute morgen nicht mehr losließ.

Warum hatte der Direktor ihn wirklich gefeuert?

Matt schaute auf die Zigarette in seiner Hand. Es war schwer zu begreifen. Er hatte immer geglaubt, dass er richtig handelte. Hatte er sich geirrt? War es tatsächlich so schlimm, dass er den Coach heimlich unter die Lupe genommen hatte? Hatte der Direktor wirklich das Gefühl, dass er die Grenzen überschritten hatte? Oder war es einfach der Druck, der aus dem Vorfall entstand? Vielleicht hatte Harris' eigener Fehler – der Coach vor fünf Jahren gedeckt zu haben – ihn in die Enge getrieben. Aber die Wut, die er am Ende gezeigt hatte, schien mehr als nur berufliche Enttäuschung zu sein. Irgendetwas anderes musste ihn dazu getrieben haben, ihn so plötzlich zu entlassen.

Und dann war da noch der Unbekannte. Die mysteriöse Person, die immer wie ein Schatten auftauchte, wenn Matt versuchte, den Fall um Lyla zu entwirren. Der Coach war festgenommen worden, aber die entscheidende Frage blieb: Wer war derjenige, der wirklich hinter all dem steckte? Wer hatte dafür gesorgt, dass Lyla verschwand? Es war, als ob eine unsichtbare Hand weiterhin die Fäden zog, und Matt wusste nicht, wie er sie fassen konnte.

„Wer bist du?" fragte Matt laut, als er den Blick wieder auf Scott richtete, der ihn treu ansah.

 Der Coach war nicht der Drahtzieher. Aber wer war es dann? Und was konnte er tun um ihn zu entlarven? Wie hatte dieser immer wieder seine Spuren so geschickt verwischt?

Plötzlich hörte er das Klingeln seines Handys, und ein schneller Blick zeigte ihm Julias Nummer auf dem Display.

„Hey", sagte er, als er abnahm. „Alles in Ordnung?"

„Ja", sagte Julia, ihre Stimme weich und besorgt. „Ich bin jetzt los gefahren und hab uns noch etwas zu Essen besorgt."

„Danke", antwortete Matt, wobei seine Stimme härter klang, als er es eigentlich wollte.

„Bis gleich", sagte sie, und er konnte das Lächeln in ihrer Stimme hören. „Ich hoffe, du hast hunger."

„Das habe ich wohl", murmelte Matt, und Scott schaute ihn mit einem fragenden Blick an.

Er sah zur Uhr – sie würde bald kommen. Doch in seinem Kopf drehte sich weiter alles um die Fragen, die nicht beantwortet waren. Und auch wenn es nicht einfach war, konnte er nicht aufhören, weiter nach Antworten zu suchen.

Wenig später saßen sie gemeinsam am Esstisch und hatten die Schälchen mit Nudeln und verschiedenen Fleisch Sorten vor sich ausgebreitet.

Julia schaute ihn mit sanftem Blick an, während er in Gedanken auf das Essen starrte.

„Gesprächig bist du ja heute nicht besonders."

Matt fühlte sich ertappt.

„Ja die Scheiße mit dem Direktor… Und was mit Lyla passiert ist, lässt mich einfach nicht los."

„Ich weiß", sagte sie sanft. „Aber du hast schon so viel erreicht, Matt. Und du bist nicht allein. Ich bin da. Scott ist da. Und du wirst herausfinden, was hier vor sich geht."

„Glaubst du? Im Moment habe ich mehr Fragezeichen als Antworten im Kopf."

„Dann erzähl mir doch einfach was du nicht weißt" schlug sie vor. „Vielleicht hilft es ja wenn du es laut aussprichst."

Matt nickte langsam. „Ich kann einfach nicht aufhören, an den Unbekannten zu denken. Ich habe die ganze Zeit den Coach im Verdacht gehabt, Julia. Ich bin alles durchgegangen, was ich über ihn wusste. Dann habe ich herausgefunden das er vorher in Texas war an einer Schule Namens St.Marys. Dort ist ebenfalls ein junges Mädchen spurlos verschwunden. John hat mir geholfen an Lylas Handy Nachrichten zu kommen und dort hat der unbekannte immer wenn sie miteinander geschrieben haben die Initialen C.H. benutzt."

„Coach Harrison" sagte Julia.

„Genau das war auch mein Gedanke. Also haben wir ihm eine Falle gestellt. Er hat mit Sarah geschrieben aber inhaltlich klang es ganz anders wie bei dem unbekannten und die Initialen wurden auch nicht verwendet. Also Sackgasse. Und jetzt gehen mir die Ideen aus."

Er sah zu Julia, als wolle er sicherstellen, dass sie verstand, was das bedeutete. „Das Problem ist, dass der Coach jetzt raus ist und ich keine neue Spur habe."

Sie seufzte und legte ihre Gabel ab. „Vielleicht gibt es noch etwas, das du nicht bedacht hast. Was, wenn der Unbekannte jemand ist, der früher mit dem Coach zusammengearbeitet hat, vielleicht sogar von der gleichen Schule kommt? Jemand, der wusste, dass er ein Geheimnis verbarg?"

Matt war frustriert von dem Gedanken, dass er etwas Wichtiges übersehen hatte.

Julia lehnte sich zurück, ihre Augen auf ihn gerichtet.

Er nickte langsam. „Ja, das könnte sein. Wenn der Unbekannte wirklich mit der Schule zu tun hatte, dann könnte er in den Kreis des Coaches eingebunden sein."

Julia griff nach seiner Hand, ihre Berührung war sanft. „Du wirst es herausfinden", sagte sie leise. „Ich glaube an dich,

Matt."

„Ich weiß", sagte Matt, seine Stimme war fest.

Sie gab ihm einen ermutigenden Blick. „Du hast schon so viel geschafft, und ich weiß dass du das Richtige tust."

Und mit diesem Gedanken, wusste Matt, dass er den nächste Schritt auf der Jagd nach der Wahrheit gehen musste. Er musste unbedingt nochmal mit Coach Harrison sprechen.

Kapitel 30

Der Coach lag in seiner Zelle und starrte an die Decke. Er wusste, dass seine Karriere vorbei war. Er hatte alles verbockt. Jahrelang hatte er sich seinen perversen Fantasien hingegeben, die ihn nun alles gekostet hatten. Er rechnete fest damit, für eine lange Zeit eingesperrt zu werden, und das es in seinem Fall keineswegs ein Vergnügen sein würde. Menschen mit seinen Vorlieben standen unter den Mithäftlingen nicht hoch im Kurs.

Während der Coach über seine Zukunft nachdachte, öffnete sich die Tür zum Flur. Sheriff Miller kam den Gang entlang, und direkt dahinter trat er ein: Matt. Derjenige, der ihm all das eingebrockt hatte. Sein Gesicht verfinsterte sich.

„Wir müssen mit ihnen reden", begann der Sheriff. „Es gibt da noch ein paar offene Fragen."

„Nur zu, ich werde schon nicht weg laufen", antwortete der Coach mit verbitterter Miene.

Matt übernahm nun das Gespräch was Harrison sichtlich missfiel. „Wusste sonst noch jemand von den Kameras mit denen die Mädchen aufgenommen wurden?"

Der Coach schüttelte mit dem Kopf.

Matt dachte nach, dann fragte er weiter. „Warum der Wechsel von Texas hierhin? Und erzähl mir nicht wieder so einen Scheiß wie beim letzten mal."

„Warum wohl?" wurde Harrison patzig. „Weil ich fasst aufgeflogen wäre. Ein Spieler aus meinem Team hatte was gemerkt und es hätte nicht lange gedauert bis klar gewesen wäre das ich damit zu tun habe."

„Was hat er bemerkt?" hakte Sheriff Miller ein.

„Er hat eine von den Kameras gefunden."

Matt und Cody schauten sich gegenseitig an.

„Was ist mit dem verschwunden Mädchen damals in

St.Marys? Was wissen sie darüber?" fragte der Sheriff.

Der Coach sah die beiden an. „Gar nichts. Es war ein Mädchen das aus einem zerrüttenden Umfeld kam und plötzlich war sie nicht mehr da. Eine Zeitlang wurde nach ihr gesucht und dann beschlossen das sie wohl einfach nur auf der Suche nach einer besseren Zukunft abgehauen ist."

Er holte Luft und ergänzte sofort: „Ich weiß wie das aussieht. Aber genau wie bei Amy hatte ich nichts damit zu tun."

Matt runzelte mit der Stirn. „Im Moment ist eigentlich nur bewiesen das du nichts mit lylas verschwinden zu tun hast. Vergiss das nicht!"

Während der Coach ihn wütend ansah überlegte Matt sich seine nächste Frage. Plötzlich viel ihm ein untergegangenes Detail ein.

„Das warum wissen wir ja mittlerweile, aber mich würde das wieso interessieren."

Harrison konnte ihm nicht folgen. Auch Sheriff Miller schaute irritiert.

„Du hast uns gesagt warum du von St. Marys weggehen musstest. Ich will aber wissen wieso du ausgerechnet hier gelandet bist."

„ Na weil das Angebot unschlagbar war." antwortete der Coach.

„ Das heißt du hattest von mehreren Schulen ein Angebot und das von uns war das Beste?" fragte Sheriff Miller misstrauisch nach.

Der Coach schaute verlegen zu Boden. „Nein ich hatte keine anderen Angebote."

Matt wurde langsam ungeduldig. „Nochmal, wieso dann hier? Woher hattest du dann dieses Angebot?"

„Na Harris hat mich gefragt ob ich es mir vorstellen könnte

hier zu arbeiten." sprach der Coach als wäre es die selbst verständlichste Antwort auf die Frage.

Matt entging die Leichtigkeit in der Antwort nicht. Kannten die beiden sich etwa schon vorher? Er dachte nach. Sheriff Miller schaute den Coach an. „Direktor Harris hat ihnen die Stelle also angeboten. Woher wusste er den das sie eine neue suchten?"

„Weil sie früher zusammen in St. Marys gearbeitet haben", platzte es aus Matt heraus.

Der Sheriff sah erst zu ihm, dann fragend zu Harrison.

Der zuckte nur mit den Schulter. „Ja klar. Ist ja kein Geheimnis."

Matt`s Gedanken überschlugen sich und er konnte nicht glauben wie blind er gewesen war. Er blickte zu Cody und flüsterte nur: C.H- Calvin Harris

Sheriff Miller starrte Matt entsetzt an. „Deswegen hat er auch heute Morgen dieses Theater mit mir abgezogen. Ich wusste sofort, dass da etwas faul war."

„Du denkst, er wollte dich aus dem Weg haben?"

Matt blickte Cody direkt in die Augen. „Das würde Sinn ergeben. Wir haben seinen Sündenbock verhaftet. Ich denke, der Direktor wusste schon in St. Mary's, was der Coach da treibt."

Der Sheriff überlegte kurz. „Ja, du hast recht. Er hat Harrison hierher geholt, weil er genau wusste, dass der Verdacht auf ihn fallen würde. Sein Verhalten in der Öffentlichkeit, das vermisste Mädchen an seiner alten Schule, die Aufnahmen, die wir jederzeit hätten finden können – Harris wusste, dass er mit dem Coach die perfekte Ablenkung schaffen würde."

„Und wir sind voll darauf hereingefallen", ergänzte Matt,

während der Zorn in ihm wuchs.

„Ja, er hat uns ganz schön an der Nase herumgeführt. Das muss man ihm lassen. Aber er wird bald schon sehen, was er davon hat", antwortete Cody.

Matt nickte schweigend. Seine Augen fixierten sich wie die eines Raubtieres, das seine Beute ins Visier genommen hatte.

Sie gingen zurück ins Sheriff-Büro, und Miller informierte seine Deputys. Viel Zeit blieb ihnen keine mehr, und vermutlich auch Lyla nicht. Es lag nahe, dass Direktor Harris seine letzten beiden Opfer umgebracht hatte. Ein weiteres wollte niemand auf sein Gewissen laden.

Kapitel 31

Der Himmel war bereits in tiefes Dunkel getaucht, als Matt und Sheriff Miller vor dem Haus des Direktors Harris hielten. Der Wind pfiff durch die Bäume, und die Lichter der Straßenlaternen warfen lange Schatten auf den Asphalt. Das quietschende Geräusch, das der Wagen machte, als er auf den Kiesweg des Grundstücks einbog, hallte in der Stille der Nacht wider.

„Da sind wir", murmelte Sheriff Miller, als er den Wagen stoppte und den Motor abstellte. „Jetzt holen wir ihn uns."

Matt nickte. Der Gedanke, Harris endlich in die Händen zu bekommen, hatte sich die letzten Minuten wie ein brennender Wunsch in seinem Inneren manifestiert.

Sie stiegen aus dem Auto, und Matt spürte den warmen Wind auf seiner Haut, als sie sich dem großen, modernen Haus näherten. Die Fenster waren dunkel, und der Garten wirkte still und verlassen.

„Du denkst, er ist wirklich hier?", fragte Matt, während er auf die Haustür starrte.

„Ich hoffe es", antwortete der Sheriff, während er seine Waffe in der Halterung am Gürtel prüfte. „Aber ich habe einen Wagen zur Schule geschickt und eine Streife in der Stadt. Wenn er nicht hier ist, schnappen wir ihn uns dort."

Matt nickte. „Gehen wir rein. Vielleicht haben wir ja Glück."

Sie gingen zur Tür, und Miller drückte auf die Klingel. Keine Reaktion. Die beiden sahen sich an und der Sheriff zog seine Waffe. Sie gingen rein. Das Holz quietschte leicht, als die Tür sich öffnete, und sie betraten den Flur. Ein gedämpftes Licht aus einem Nebenzimmer schimmerte durch den Türspalt, und Matt hörte leise Schritte auf dem Boden – oder war es nur der Hall der leeren Räume?

Der Sheriff und ging vorsichtig voran. „Halten wir die Augen offen."

Die beiden Männer durchquerten den Flur und erreichten das Wohnzimmer. Doch es war leer. Keine Anzeichen von Leben. Kein Laut.

„Er hat sich wohl nicht lange aufgehalten", sagte Matt, als er auf einen Stuhl starrte, der auf der linken Seite des Raumes stand – unberührt, als ob niemand hier gewesen wäre.

Miller durchsuchte weiter. Er öffnete Türen, durchquerte die Räume, die im Schein der Taschenlampen zu dunklen Silhouetten verschwammen. Doch überall war es still und leer.

„Verdammt", fluchte der Sheriff, als er aus einem weiteren Raum trat. „Er ist nicht hier."

Matt ließ sich auf einen Stuhl im Flur sinken und starrte nachdenklich auf den Boden. „Wo ist er hin?"

„Gute Frage", antwortete Miller und trat wieder ins Wohnzimmer. „Vielleicht hat er geahnt, dass wir ihn suchen. Oder er ist schon längst abgehauen."

Der Sheriff griff nach seinem Funkgerät und schaltete es ein. Er sprach mit fester Stimme, während er aus dem Haus des Direktors blickte. „Deputy Rodgers, haben Sie den Direktor in der Schule gefunden?"

Es verging einen Moment, bevor eine Antwort kam. „Negativ, Sheriff. Der Direktor ist nicht da. Wir haben das Gebäude durchsucht, aber keine Spur von ihm. Niemand hat ihn gesehen."

Miller fluchte leise und schloss für einen Moment die Augen. Die Zeit drängte. „Verstanden. Haltet die Augen offen, falls er auftaucht."

Er sprach erneut ins Funkgerät um die Streife in der Stadt zu erreichen. „Carson, hier ist Sheriff Miller. Wurde der Direktor irgendwo in der Stadt gesehen?"

„Negativ, Sheriff. Wir haben in den üblichen Ecken nachgeschaut und ein paar Leute befragt, aber keiner hat ihn gesehen. Er ist nirgends aufgetaucht."

„Verdammt", murmelte der Sheriff und atmete tief durch. „Haltet weiter Ausschau und wenn jemand ihn bemerkt, lasst es mich sofort wissen."

Miller steckte das Funkgerät weg und wandte sich wieder an Matt, der neben ihm stand. „Es sieht aus, als wäre er wirklich verschwunden."

„Was ist mit Lyla?" fragte Matt, sein Blick verhärtet. „Gibt es irgendwelche Hinweise auf sie?"

„Nichts", antwortete Miller knapp. „Es gibt auch keine Anzeichen, dass sie hier gewesen wäre. Es ist, als wäre sie vom Erdboden verschluckt worden."

Matt ballte die Fäuste. „Wir müssen ihn finden, Sheriff."

„Das werden wir", sagte Miller mit fester Stimme, „und wir werden auch Lyla finden. Aber jetzt brauchen wir einen Plan. Wir müssen herausfinden, wohin er gegangen ist, bevor er uns endgültig entwischt."

Sie verließen das Haus und gingen zurück zu ihrem Fahrzeug. Die Nacht schien noch dunkler geworden zu sein und der Wind war stärker. Doch der Gedanke an Harris – an den Mann, der so viele Leben zerstört hatte – trieb sie an.

„Harris wird uns nicht entkommen", sagte Matt fest. Er wusste, dass es nur eine Frage der Zeit war, bis sie Harris finden würden – und dann würde das Spiel ein Ende haben.

Lyla saß in dem Raum unter dem Dach, als die Tür mit einem knappen, unheilvollen Geräusch aufging. Ihr Herz setzte einen Schlag aus, als sie ihn erblickte. Calvin. Der Mann, dem sie einst so viel Vertrauen geschenkt hatte. Der Mann, der ihr einst das Gefühl gegeben hatte, dass sie sicher war, dass sie gebraucht wurde. Doch heute, in diesem Moment, war nichts mehr von diesem Vertrauen übrig.

Calvin trat ein und schloss die Tür hinter sich, ohne sie

anzusehen. Sein Blick war kalt, abgeklärt, und er trug diesen selbstgefälligen Ausdruck, den er immer dann hatte, wenn er wusste, dass er die Kontrolle hatte.

„Lyla", begann er mit einer Stimme, die zu sanft klang, als dass sie tröstlich gewesen wäre. „Es ist Zeit, dass du dich schick machst. Wir haben später wichtige Gäste, und du wirst dich ihnen zur Verfügung halten."

Die Worte trafen sie wie ein Schlag ins Gesicht. Sie starrte ihn mit weit aufgerissenen Augen an, unfähig zu reagieren.

„Was...?", hauchte sie, die Stimme brüchig. Ihre Kehle war trocken, ihre Gedanken wirr. „Was redest du da?"

Calvin sah sie mit einem kleinen, arroganten Lächeln an, das keinerlei Wärme in sich trug. „Du hast mich gehört. Mach dich hübsch und bereite dich vor. Die Gäste kommen bald, und du wirst für sie da sein. Du hast keine Wahl, Lyla. Du verstehst das, oder?"

Ihre Augen starrten ihn an. Wie konnte er das verlangen? Wie konnte er ihr so etwas sagen? Der Mann, den sie bewundert hatte, dem sie geglaubt hatte, der sie in seine Welt aufgenommen hatte – dieser Mann hatte sie betrogen, benutzt und nun forderte er von ihr das Unvorstellbare.

„Du kannst das nicht von mir verlangen, Calvin", flüsterte sie schließlich, ihre Stimme von Emotionen erstickt. „Du kannst mich nicht zwingen, das zu tun."

„Oh doch", sagte er, als wäre es das Selbstverständlichste der Welt. „Ich kann. Du wirst das für mich tun Lyla oder du endest genauso wie Amy."

Die Tränen, die sie so lange unterdrückt hatte, brachen jetzt hervor während ihre Hände zitterten. Sie konnte es einfach nicht fassen, was aus ihrem Traum geworden war, was aus ihm geworden war.

„Bitte, Calvin...", flüsterte sie zwischen den Tränen hindurch, „Bitte, tu das nicht. Ich kann das nicht."

Er sah sie mit einem Blick an, der keinerlei Verständnis

zeigte. Kein Mitgefühl. Nur Kälte und Macht. „Du wirst es tun. Mach dich fertig, Lyla. Ich erwarte dich später."

Mit diesen Worten drehte er sich um und ging zur Tür. Als er die Klinke ergriff, hielt er inne und warf ihr einen letzten Blick zu, ein Blick, der sie wie ein Messer durchbohrte.

Mit einem letzten, leisen Klicken schloss er die Tür hinter sich, und Lyla blieb allein zurück. Die Worte hallten in ihrem Kopf wider, während sie sich schwerfällig auf dem Stuhl zusammensank. Was sollte sie tun? Wie konnte sie sich aus diesem Albtraum befreien?

Die Tränen flossen in Strömen, doch der Gedanke, sich zu wehren, kam ihr nicht. In diesem Moment war sie zu erschöpft, zu zerschlagen, um noch einen Funken Hoffnung zu finden. Alles, was sie gekannt hatte, schien verloren. Calvin hatte sie in einen Albtraum geführt.

Kapitel 32

Es war fast Mittag, als Matt am Bahnhof stand. Die Nacht war mal wieder viel zu kurz gewesen, und trotzdem hatten sie Direktor Harris nicht finden können. Der Mann war wie vom Erdboden verschluckt, und trotz ihrer intensiven Suche schien er immer einen Schritt voraus zu sein.

Matt starrte auf den Zug, der langsam in den Bahnhof einfuhr. Der Dampf stieg auf, und der Krach der ankommenden Waggons ließ die umliegenden Gebäude vibrieren.

Er hatte die Nacht durchgearbeitet, gemeinsam mit dem Sheriff die Spuren des Direktors verfolgt.

Schnell war ihm klar geworden das sie Hilfe benötigen würden und er hatte seinem alten Weggefährten John geschrieben.

„Wir werden ihn finden, Kumpel", hatte John nur geantwortet. „Gib mir ein paar Stunden, dann bin ich da."

Jetzt stand ein Lächeln auf seinem Gesicht, als er die bekannte Gestalt in der Ferne sah, die zielstrebig auf ihn zukam.

John, ein Mann in den späten vierzigern, mit kurzen braunen Haaren und einem Gesicht, das sowohl Lebenserfahrung als auch Entschlossenheit ausstrahlte, kam mit schnellen Schritten näher. In seiner Hand hielt er eine Einsatztasche, und sein Blick war fest, als er Matt schließlich erreichte.

„Du siehst aus, als hättest du die Nacht in der Gosse verbracht", sagte John, seine Stimme klang rau, aber mit einem Hauch von Humor.

Matt lachte, obwohl es wenig Anlass dazu gab. „Könnte man so sagen."

„Ich nehme an, du bist trotzdem bereit, loszulegen?" John sah Matt direkt in die Augen. Er wusste, wie sie arbeiteten –

kein Plan war je zu riskant, kein Fall zu schwierig.
Gemeinsam hatten sie nie locker gelassen, bis sie ihren
Mann hatten.

„Natürlich", sagte Matt entschlossen. „Er kann uns nicht für
immer entkommen. Wir sind beide Profis in dem, was wir
tun, und bisher haben wir noch jeden zur Strecke gebracht.
Und jetzt wird es Zeit, dass auch Harris seine Strafe
bekommt."

John nickte zustimmend. „Lass uns keine Zeit
verschwenden."

„Genau", stimmte John zu, seine Miene jetzt ernst und
konzentriert. „Das ist der Plan. Keine weiteren Umwege.
Wir holen uns Harris und beenden das hier."

Sie tauschten ein knappen Blick aus, dann machten sie sich
auf den Weg zum Auto. Matt konnte das vertraute Kribbeln
der Jagd in seinen Adern spüren – dieses Gefühl, das er
immer hatte, wenn er wusste, dass sie kurz davor waren,
ihren Fall zu lösen. Harris war ein schlauer Mann, aber es
gab nichts, was er tun konnte, um Matt und John zu
entkommen.

„Bereit?" fragte Matt, als er den Zündschlüssel ins Schloss
steckte.

„Bereit", antwortete John und zog die Tür zu. „Egal, was
kommt – wir holen uns diesen Bastard. Und dann holen wir
Lyla zurück."

Mit einem Ruck setzte der Truck sich in Bewegung, und die
Straße vor ihnen schien plötzlich klarer, als hätten sie
endlich den richtigen Kurs gefunden. Die Jagd war eröffnet.

Matt und John saßen nebeneinander auf der Couch im
Wohnzimmer. Der Laptop stand auf dem Tisch vor ihnen.
Scott lag zusammengerollt daneben. Der altbekannte Geruch
von kaltem Kaffee und Pizza lag in der Luft. Sie waren beide
in ihre Ermittlungen vertieft.

„Wenn der Direktor wirklich so viel Einfluss hat, wie es aussieht, dann ist es kein Wunder, dass er sich so geschickt verstecken kann", murmelte Matt, als er mit einem schnellen Klick durch die verschiedenen Datenbanken scrollte. „Schon seine Eltern waren vermögend und bis in die höchsten kreise vernetzt."

John nickte und griff nach einer Tasse Kaffee, die mittlerweile kalt geworden war. „Das erklärt einiges. Sieh dir nur diese Verbindungen an. Die Eltern war nicht nur reich, sie waren in allem involviert – Politik, Wirtschaft. Doch dann, plötzlich nichts mehr, einfach verschwunden."

Matt starrte auf die Daten, die vor ihm auf dem Bildschirm flimmerten. „Verschwunden...", wiederholte er nachdenklich. „Merkwürdig, oder? Irgendetwas ist faul an der ganzen Sache. Man lässt doch nicht einfach alles hinter sich, ohne dass es eine Erklärung gibt."

Scott, der Hund, hatte inzwischen die Aufmerksamkeit der beiden Männer auf sich gezogen. Er wachte auf und erhob sich langsam, bevor er sich, immer noch ein wenig schlaftrunken, an Matt schmiegte.

„Du hast recht", sagte John und fuhr fort, die Datenbank zu durchsuchen. „Und hier ist noch etwas. Siehst du das? Es scheint, als ob der Direktor noch zwei weitere Häuser besitzt. Und eines davon ist in Texas."

„Texas?" Matt rieb sich die Augen und starrte dann auf den Bildschirm. „Warum sollte er in Texas ein weiteres Haus haben?"

„Moment mal, ich schaue mir das mal genauer an", sagte John und tippte schnell auf der Tastatur. „Aha, hier ist etwas. Es handelt sich um einen alten Landsitz, der schon vor Jahrzehnten im Besitz seiner Eltern war. Wenn man den Akten glauben kann, dann stammt das Grundstück noch aus der Zeit, als er ein Kind war. Und das ist kein gewöhnliches Haus, Matt. Es scheint mehr wie ein Anwesen zu sein."

Matt neigte den Kopf, während er die Details auf dem

Bildschirm las. „Das klingt verdächtig. Und warum sollte der Direktor so ein Erbe weiterführen, wenn seine Eltern nicht mehr da sind?"

„Gute Frage", antwortete John. „Aber wir wissen, dass er mit seinen Eltern in Texas aufgewachsen ist. Und wenn du dir die Geschichte dieser Familie ansiehst… sie waren nie die Art von Leuten, die sich einfach aus dem Geschäft zurückziehen würden. Sie waren immer mit mächtigen Leuten verbunden. Vielleicht ist dieser Landsitz genau der Ort, an dem er immer Zuflucht gesucht hat."

Matt lehnte sich zurück und starrte nachdenklich vor sich hin. „Wir müssen mehr über das Verschwinden der Eltern herausfinden."

„Wahrscheinlich", murmelte John und tippte weiter. „Das Anwesen in Texas ist groß, aber es scheint auch einige seltsame Verträge und Vermerke zu geben, die darauf hindeuten, dass da noch mehr zu finden ist. Als ob das Grundstück immer wieder auf verschiedene Namen überschrieben wurde."

„Das könnte die Antwort sein", sagte Matt, während er einen Blick auf den Hund warf, der sich wieder hinlegte und zufrieden schnüffelte. „Es geht um mehr als nur das Geld. Vielleicht ist der Landsitz ein geheimer Ort für den Direktor, ein Rückzugsort, den er nutzt, um sich vor allem zu verstecken, was er in seinem Leben gemacht hat. Ein Ort, an dem er seine Wurzeln vor den Behörden verbergen kann."

John zog die Augenbrauen hoch. „Ich denke, wir müssen da hin. Wenn er wirklich dort ist, dann ist das der Ort, an dem wir ihn finden können."

Matt nickte. „Es ist ein Risiko, aber wenn wir schon soweit gekommen sind, dann sollten wir keine Zeit mehr verlieren. Wir müssen herausfinden, was da in Texas wirklich vor sich geht."

„Und vielleicht finden wir auch Lyla", fügte John hinzu, während er sich einen weiteren Kaffee einschenkte.

„Vielleicht hat er sie dahin gebracht."

Der Hund gähnte, während Matt und John auf die Karte von Texas starrten, die auf dem Bildschirm erschien. Beide wussten, dass ihre nächste Reise sie genau dorthin führen würde.

Kapitel 33

Frischer Sauerstoff drang durch das Fenster, als Matt und John sich gegenüber von Sheriff Miller niederließen. Die Tür des Büros war einen Spalt weit geöffnet, und man vernahm leise Gespräche auf dem Flur. Der Sheriff blickte von seinen Notizen auf. Seine Augen waren scharf und auf das Wesentliche fokussiert.

"Also, Männer", begann Sheriff Miller und verschränkte seine Arme vor der Brust. "Was habt ihr rausgefunden?"

Matt lehnte sich zurück, seine Hände auf den Stuhllehnen abstützend. Er war immer noch sichtlich angespannt, auch wenn sie sich nun im Büro des Sheriffs befanden.

"Es geht um den Direktor," sagte John, der neben ihm saß. Seine Stimme war ruhig, aber es lag ein gewisser Ernst in ihr. "Wir haben herausgefunden, dass er nicht nur in diese ganzen verschwundenen Fälle verwickelt ist, sondern auch etwas über seine eigene Familie."

Cody zog eine Augenbraue hoch und beugte sich leicht vor. "Seine Familie? Was genau meinst du damit?"

"Seine Eltern sind ebenso verschwunden", erklärte Matt als er den Sheriff ansah. "Vor Jahren. Niemand weiß genau, was mit ihnen passiert ist, aber es gibt keine Aufzeichnungen darüber. Als wären sie einfach aus der Welt verschwunden. Keine Spuren, keine Hinweise."

Miller runzelte die Stirn und nahm sich einen Moment Zeit, um die Information zu verarbeiten. "Das ist... ungewöhnlich. Aber vielleicht nur ein Zufall. Weiter?"

John nickte und fuhr fort: "Außerdem hat der Direktor zwei weitere Häuser. Und eines davon ist... nun ja, nicht gerade normal für jemanden in seiner Position. Es handelt sich um einen Landsitz in Texas. Ein riesiges Anwesen. Es scheint ursprünglich den Eltern gehört zu haben und ist seit ihrem verschwinden mehrmals auf unterschiedliche Besitzer umgeschrieben worden.

"Wir wissen noch nicht genau, was dort vor sich geht",
antwortete Matt. "Aber es ist auffällig, dass dieser Landsitz
in einem abgelegenen Teil von Texas liegt, weit entfernt von
allem. Es gibt keine nachvollziehbare Verbindung zu den
anderen Immobilien, die er besitzt. Und wir haben auch
herausgefunden, dass er regelmäßig dorthin reist, aber
niemand weiß, was er dort macht."

Der Sheriff setzte seinen Stift ab und sah nachdenklich aus
dem Fenster. Ein Moment der Stille verging, bevor er
schließlich das Wort ergriff.

"Ich glaube, es ist an der Zeit, dass wir diesen Landsitz unter
die Lupe nehmen. Aber wir müssen vorsichtig sein.
Anscheinend hat er Einfluss, und je mehr wir herausfinden,
desto mehr müssen wir uns vorsehen."

Matt nickte. "Wir haben auch schon darüber nachgedacht. Es
ist riskant, aber wir müssen wissen, was dort vor sich geht.
Vielleicht finden wir dort Lyla und endlich ein paar
Antworten.

Sheriff Miller starrte einen Moment lang ins Leere, bevor er
aufstand und sich zur Tür wandte. "Ich werde ein paar
Männer zusammenstellen und ein Team für die
Durchsuchung vorbereiten. Ich kann nur das Objekt bei uns
unter die Lupe nehmen. In Texas habe ich keine
Zuständigkeit."

„Cody", begann Matt und legte die Hände flach auf den
Tisch, „wir können das Haus in Texas durchsuchen. Wir sind
Profis, und zu zweit sind wir effektiver, als wenn sich die
ganze Polizei auf dieses riesige Anwesen stürzt."

John nickte zustimmend. „Wir wissen, wie man sich lautlos
bewegt und unbeobachtet bleibt. Wenn wir es richtig
anstellen, finden wir alles, was wir brauchen, ohne dass
jemand etwas mitbekommt. Und das ist entscheidend."

„Ihr wollt allein da rein? Das ist gefährlich. Ihr wisst nicht,
was euch da erwarten könnte. Und was ist, wenn er dort
noch Leute hat?"

Matt sah dem Sheriff ruhig in die Augen. „Genau deshalb können wir nicht die Polizei schicken. Wenn wir zu viele Leute dorthin schicken, wird es nur unübersichtlicher. Und wenn Lyla dort ist… dann könnte sie als Geisel in ernsthafter Gefahr sein. Wir müssen uns lautlos an den Ort heranschleichen, ohne unnötige Aufmerksamkeit zu erregen."

„Lyla?" Sheriff Miller lehnte sich nach vorne, sein Blick schärfer als je zuvor. „Meint ihr, dass sie da ist?"

John nickte. „Ich halte es für möglich, dass sie dort gefangen gehalten werden könnte."

„Ich verstehe", sagte der Sheriff nach einer langen Pause. Er setzte sich wieder hin und legte die Ellbogen auf den Tisch. „Aber wenn ich euch das absegne, dann müsst ihr mir versprechen mich über jeden Schritt zu informieren. Und ich werde dafür sorgen das die Kavallerie sich in Bereitschaft hält."

„Aber erst wenn wir wissen was dort abgeht." sagte Matt mit fester Stimme.

Der Sheriff starrte zur Fensterbank, von der aus er das Leben in der Stadt beobachtete. „Ihr habt eure Entscheidung getroffen, aber ich will sicherstellen, dass ihr im Notfall Hilfe bekommt die euch unterstützen kann, wenn es wirklich brenzlig wird."

Matt und John tauschten einen kurzen Blick, bevor sie sich wieder auf den Sheriff konzentrierten.

„Geht klar", sagte John und Matt nickte stumm vor sich hin.

Er stand auf. „OK, wir sind bereit. Wir machen uns sofort auf den Weg."

John fügte hinzu: „Wir wissen, wie man in solchen Situationen vorgeht. Wir sind gut in dem, was wir tun, Sheriff. Und wir werden nicht zulassen, dass Lyla in Gefahr gerät."

Miller nickte.

„Danke, Cody", sagte Matt und wandte sich zur Tür.

Als die drei Männer das Büro verließen, war sich jeder von ihnen bewusst, was sie zu tun hatten.

Mittlerweile war es vier Uhr Nachts. Sheriff Miller und sein Team waren in Position.

Er wusste, was zu tun war. Aber er wartete noch. Er brauchte erst noch ein Signal von Matt.

„Alle sind bereit." sagte Deputy Rodgers, der hinter einer Hecke Stellung bezogen hatte, das Gewehr fest im Griff. Auch die anderen Teammitglieder hatten sich auf den Einsatz vorbereitet, ihre Ausrüstung überprüft, die Funkgeräte eingeschaltet. Sie alle waren gespannt, doch niemand sagte ein Wort. Der Sheriff nickte lediglich und machte einen Schritt zurück, um den Blick auf die Karte des Grundstücks zu richten."

„Wir bleiben beim Plan. Sobald wir von Matt hören, gehen wir rein. Wir dürfen den Überraschungsmoment nicht zerstören. Wenn der Direktor oder Lyla hier sind müssen wir schnell und effektiv handeln. Keine Fehler."

„Und wenn sie nicht da sind?", fragte Rodgers, ein Hauch von Nervosität in seiner Stimme. „Was, wenn der Direktor uns einen Schritt voraus ist und uns in eine Falle lockt?"

„Es gibt nur diesen einen Moment, den wir wirklich nutzen können: den Moment, in dem er nicht mit uns rechnet." entgegnete der Sheriff.

Doch trotz seiner äußeren Ruhe wusste Miller, dass auch er angespannt war. Sie alle waren sich der Gefahr bewusst. Wenn sie zu langsam oder unvorsichtig waren, könnte der Direktor entkommen oder, schlimmer noch, Lyla als Druckmittel benutzen. Dieser Gedanken gefiel ihm ganz und gar nicht.

Die Minuten verstrichen, und das Team wartete in gespannter Stille. Als sein Handy anfing zu vibrieren nahm Cody es in seine Hand und lass die Nachricht, die Matt ihm soeben geschickt hatte: *„Position eingenommen. Bereit. Wir warten auf das Signal. "*

Kapitel 34

„Los", sprach Sheriff Miller mit tiefer, autoritärer Stimme ins Funkgerät und sein Team startete. "Wir machen's schnell und effektiv. Jeder Raum. Jeder Winkel. Niemand entkommt."

Cody und sein Team näherten sich dem Ziel. Die Männer waren in dunkle Kleidung gehüllt und bereit für das, was sie zu tu hatten.

Deputy Rodgers, der sich an der Spitze des Teams befand, nickte entschlossen. „Verstanden, Sheriff. Wir nehmen keine Gefangenen." Er zog sein Gewehr in Stellung und trat vor die massive Eingangstür des Hauses.

Die Tür war der einzige Weg, um in das Innere des Hauses zu gelangen, und Rodgers wusste, dass jede Sekunde zählte. Mit einem kräftigen Schwung rammte er die Tür auf.

Ein lautes Krachen hallte durch die Stille, als die schwere Tür nach innen flog. Im gleichen Moment stürmte das Team in das Gebäude, ihre Stiefel knallten auf den Holzboden, und das Klirren von Metall und Ausrüstungen vermischte sich mit dem dumpfen Geräusch von Türen, die aufgerissen wurden. Die Männer gingen mit Präzision vor, jeder Schritt durchdacht, jede Bewegung sicher.

„Raum für Raum!", funkte Sheriff Miller. „Nichts übersehen, niemand darf entkommen!"

Im Inneren des Hauses war es still – zu still. Doch dann, als das Team sich langsam und vorsichtig durch die Flure bewegte, hörten sie Stimmen. Die Männer tauschten Blicke aus, und Miller machte eine Handbewegung, die ihnen signalisierte, leise zu sein.

„Passt auf", flüsterte er, während sie sich weiter vorwärtsbewegten.

Sie näherten sich einem der vorderen Räume, und die Stimmen wurden lauter. Deputy Rodgers trat vor und drückte den Griff seiner Waffe fester. Mit einer schnellen Bewegung riss er die Tür auf.

„Sheriff Department!" rief er.

Das Team stürmte in den Raum, ihre Taschenlampen erleuchteten ihn in grellem Licht. Der Raum war üppig eingerichtet, mit Ledermöbeln und schweren Vorhängen, die das schwache Licht der Außenwelt blockierten. Doch was sie fanden, war alles andere als erwartet.

Am einem Tisch saßen mehrere Männer, allesamt gut gekleidet, in teuren Anzügen, die sich erschrocken umdrehten, als das Licht sie traf. In ihren Gesichtern stand der Ausdruck von Überraschung, aber auch von Angst.

„Wer sind Sie?" rief einer der Männer, ein älterer Herr mit einem schütteren grauen Bart. „Was wollen Sie hier?"

„Kein Wort", brüllte der Sheriff, als er sich vor den Tisch stellte. „Hände wo ich sie sehen kann und keine Bewegung!"

Ein paar Geschäftsleute, die in schmutzige Machenschaften verwickelt waren, Politiker, deren Namen aus den Medien bekannt waren – sie alle saßen da, gefangen in einer Situation, die sie nicht mehr kontrollieren konnten.

„Das ist unglaublich", murmelte Deputy Rodgers. „Was haben diese Leute hier zu suchen?"

„Das müssen wir später herausfinden", antwortete Cody grimmig. „Momentan geht es um mehr als das. Sucht das Haus weiter nach Lyla ab und findet den Direktor."

Sie durchsuchten den Saal und gingen dann zum nächsten. Während sie durch das riesige Haus gingen, stießen sie immer wieder auf weitere Entdeckungen.

In einem weiteren Raum fanden sie mehrere junge Frauen, die erschöpft und verwirrt auf einer Matratze lagen. Ihre Augen waren weit aufgerissen, als sie die Polizei sahen, doch die Erleichterung war ihnen ins Gesicht geschrieben. Sie waren kaum bekleidet.

„Mein Gott", flüsterte der Deputy, als er eine der Frauen ansah. „Das... das ist alles viel schlimmer, als wir dachten."

Sheriff Miller trat vor und blickte sich in dem Raum um. Die Frauen waren in einem Zustand, der keine Zweifel ließ. Sie wurden hier gefangen gehalten – und das alles unter dem Deckmantel eines vermeintlich normalen Haushalts.

„Wir haben eine Menge Arbeit vor uns", sagte er leise, als er eine der Frauen sanft ansah. „Die Mädchen sind in Sicherheit. Aber das hier ist ein größeres Netzwerk, als wir gedacht haben. Und der Direktor ist immer noch unser Ziel."

Als sie weiter im Haus vordrangen, fand Miller noch mehr. Drogen. Stapel von Päckchen, die sorgfältig in einem Kellerraum versteckt waren. Es war klar, dass dieser Ort nicht nur ein Versteck war, sondern ein Zentrum für illegale Geschäfte.

„Das wird ein langer Abend", sagte Deputy Rodgers, als er die Drogen sicherte.

Sheriff Miller blickte zu den anderen. „Holt die Frauen hier raus. Sichert das Gebiet. Wir müssen herausfinden, wer alles in diese Sache verwickelt ist."

Im Raum flimmernde nur das Licht der Deckenleuchter. Es warf scharfe Schatten auf die Gesichter der zwei Männer die auf den Stühlen saßen. Sheriff Miller stand vor ihnen. Neben ihm stand Deputy Rogers, während die anderen Beamten sich darauf vorbereiteten, ihre nächsten Schritte zu unternehmen. Die Verhafteten wurden alle getrennt voneinander in verschiedenen Räumen festgehalten.

Der Mann, den sie Mr. Daniels nannten, saß vor ihnen. Er war in den späten Fünfzigern, trug einen teuren Anzug, der nun zerknittert und schmutzig war, und blickte mit einem unaufgeregten, fast arroganten Blick zu ihm auf, als der Sheriff sich vor ihm aufbaute.

„Mr. Daniels", begann Sheriff Miller. „Wir haben Ihre

Anwesenheit auf der Party im Haus festgestellt. Es scheint, als hätten Sie dort noch viele andere einflussreiche Gäste getroffen. Politiker, Geschäftsleute... Was genau war der Grund, warum Sie sich dort aufgehalten haben?"

Daniels grinste dünn, ein selbstgefälliger Ausdruck in seinen Augen. „Hoffen Sie nicht, dass ich Ihnen all die schmutzigen Details erzähle, Sheriff. Wir haben das alles im Griff, Sie wissen schon. Ihr Sturm auf das Haus... das war eigentlich zu spät, nicht wahr?"

Sheriff Miller lehnte sich vor, seine Miene hart wie Stahl. „Ich frage nicht nach Ihren Gedanken zu unserem Vorgehen. Ich frage nach den Hintergründen dieser Treffen. Was haben Sie hier wirklich gemacht?"

Daniels nahm sich einen Moment, als wolle er abwägen, wie viel er preisgeben sollte, doch dann ließ er die Luft durch die Zähne zischen, als würde er eine Entscheidung treffen.

„Harris", begann er schließlich, „hat eine... besondere Art, sich die Unterstützung von Menschen wie mir zu sichern. Diese Partys sind seine Methode, Leute wie mich zu gewinnen. Politiker, Geschäftsleute, Investoren. Er feiert regelmäßig solche Veranstaltungen, um sich in unsere Kreise zu bringen, und... na ja, um sicherzustellen, dass wir für ihn arbeiten."

„Arbeiten?", wiederholte Sheriff Miller und verschränkte die Arme. „Wofür arbeitet man für jemanden wie ihn?"

„Er ist ein Mann mit Visionen, Sheriff", antwortete Daniels gleichgültig. „Die Wahlkämpfe sind keine einfache Sache. Um zu gewinnen, braucht man mehr als nur Reden und Versprechen. Man braucht Einfluss, Unterstützung von denen, die die richtigen Türen öffnen können. Er hat uns diese Partys angeboten – den wohlhabenden und mächtigen Menschen – als eine Möglichkeit, uns zu verbinden. Das ist seine Art, uns zu zeigen, wie viel er uns zu bieten hat, wenn wir ihm helfen."

„Und was bietet er Ihnen?", fragte der Sheriff scharf.

Daniels schnaubte. „Es geht nicht nur um Geld, Sheriff. Es geht um Kontrolle. Macht. Wenn der Direktor gewinnt, werden wir alle etwas davon haben. Jeder von uns hat seine eigenen Interessen. Und wenn er an der Spitze steht, wird er dafür sorgen, dass diese Interessen gedeckt werden. Diese Veranstaltungen... sie sind sein Weg, uns zu zeigen, dass er nicht nur an seiner eigenen Karriere interessiert ist. Wenn wir helfen, ihn zu unterstützen, dann sorgt er dafür, dass wir auch an der richtigen Seite der Geschichte stehen."

Sheriff Miller ließ sich zurückfallen, seine Stirn in tiefe Falten gelegt. „Und was genau hat er mit den Frauen und den Drogen zu tun?"

Daniels zuckte mit den Schultern. „Das ist Teil seines Spiels, Sheriff. Diese Frauen sind nicht nur da, um den Abend zu verschönern. Sie sind... eine andere Währung. Er nutzt sie, um noch mehr Kontrolle auszuüben, Menschen in seine Schuld zu bringen. Die Drogen... na ja, das ist ein weiterer Geschäftszweig. Es gibt viel mehr in dieser Welt als nur die Politik, glauben Sie mir. Und der Direktor weiß genau, wie man alles miteinander verknüpft. Wenn er uns einmal in seiner Schuld hat, wird niemand mehr entkommen können."

Sheriff Miller blieb einen Moment lang still, während die Schwere der Worte in seinem Kopf widerhallte. „Also geht es hier um weit mehr als nur politische Manipulation und Wahlkämpfe. Es ist ein riesiges, gefährliches Netzwerk."

„Ja", stimmte Daniels zu, seine Stimme jetzt ein wenig leiser. „Und Sie haben sich da jetzt reingehängt, Sheriff. Sie und Ihre Männer haben gerade den ersten Schritt auf einem langen, riskanten Weg gemacht."

Der Sheriff stand auf, ging ein paar Schritte hin und her, dann drehte er sich wieder zu Daniels. „Ich werde dafür sorgen, dass Sie alle für das bezahlen, was Sie hier getan haben. Sie sind ein Teil von etwas, das diese Stadt, dieses Land gefährdet. Sie werden zur Rechenschaft gezogen werden."

Daniels lachte leise. „Vielleicht. Aber es gibt viele von uns,

Sheriff. Und der Direktor hat viel mehr Kontrolle, als Sie sich vorstellen können. Aber wie gesagt, viel Glück. Sie werden es brauchen."

Sheriff Miller nickte knapp. „Ich werde wissen, was zu tun ist. Und glauben Sie mir, Mr. Daniels, wir haben nicht vor, uns zurückzuziehen."

Mit einem letzten Blick auf den verhafteten Mann verließ der Sheriff den Raum. Die Wahrheit, die er aus Daniels herausgepresst hatte, war noch viel tiefer und dunkler, als er sich je vorgestellt hatte. Dieses Netzwerk von Macht und Einfluss zog weite Kreise, und der Direktor war nur ein Teil des Ganzen. Aber das war nicht mehr nur sein Problem – es war das der ganzen Stadt. Und er würde alles tun, um es zu zerschlagen.

Kapitel 35

Während der Sheriff und sein Team vor Ort das Haus durchsuchten, waren Matt und John weit entfernt – in Texas, wo der Landsitz des Direktors in der Dunkelheit vor ihnen lag. Ihr Ziel war es, einen direkten Zugang zum Anwesen zu finden, ohne Aufmerksamkeit zu erregen. Sie mussten leise und präzise vorgehen, um den Überraschungsmoment nicht zu gefährden.

„Bereit?", flüsterte John, der in Tarnkleidung und mit einem Nachtsichtgerät in der Hand neben Matt stand. Sie hatten sich in Position gebracht, und das Anwesen lag nun nur noch wenige Meter entfernt.

„Bereit", antwortete Matt mit einem leisen, aber entschlossenen Nicken. „Alles läuft nach Plan. Wir warten auf das Signal des Sheriffs, dann geht es los. Wir müssen schnell sein und uns von der Straße fernhalten. Kein unnötiger Lärm, keine sichtbaren Spuren."

Er spürte das Adrenalin in seinen Adern, doch er hatte sich darauf vorbereitet. Sie beide hatten ihre Ausrüstung überprüft, ihre Positionen festgelegt und sich darauf geeinigt, alles in einem schnellen, nahezu lautlosen Einsatz zu erledigen. Sie wollten sicherstellen, dass sie keine Zeit verschwendeten, sollten sie auf Lyla oder den Direktor stoßen. Jeder Schritt musste präzise sein.

„Es wird nicht einfach", murmelte John. „Aber das wussten wir ja. Ich hoffe nur Lyla ist hier. Ich hoffe, wir sind nicht zu spät."

„Es wird alles gut gehen. Aber wir müssen den Überraschungsmoment ausnutzen. Sobald der Sheriff den Startschuss gibt, legen wir los."

Während sie auf das Signal warteten, hatte sich im Inneren des Hauses in Texas bereits eine Spannung aufgebaut, die Matt und John nicht sehen konnten. Die Dunkelheit verschluckte alle Geräusche, doch es schien, als würde jeder Schritt, jede Bewegung, die sie machten, beobachtet werden.

Schließlich, kurz bevor der Moment kam, auf den sie so lange gewartet hatten, klingelte Matt's Handy. Es war das Signal. Er hatte dem Sheriff geschrieben das sie in Stellung wären und nun bekam er die Rückmeldung das die Operation angelaufen war.

„Jetzt", flüsterte er.

Die beiden verschwanden in der Dunkelheit, wie Schatten, die vom Wind verweht wurden. Der Countdown war abgelaufen. Der Moment des Überraschens war gekommen – und niemand durfte jetzt versagen.

„Schau dir das an."

Matt beugte sich vor und folgte Johns Blick. In der Nähe des Haupteingangs des Hauses standen zwei Wachen, deren Silhouetten im schwachen Mondlicht nur schemenhaft zu erkennen waren. Sie standen ruhig, aber aufmerksam, als ob sie auf etwas warteten. Ihre Waffen hingen locker in ihren Händen, und ihre Blicke glitten immer wieder über das Gelände.

„Zwei Wachen, am Eingang", murmelte Matt. „Wahrscheinlich patrouillieren sie in Schichten.

John nickte und machte sich daran, seine Ausrüstung zu überprüfen. Er zog die Waffe aus dem Holster und prüfte sie, während Matt das Gelände absuchte, um die besten Fluchtwege und Deckungen zu erkennen. Sie mussten sicherstellen, dass sie lautlos und unbemerkt in das Gebäude gelangten. Ein direkter Angriff würde sie nur gefährden.

„Ich nehme den linken", sagte Matt leise. „Du den rechten. Keine Fehler."

„Verstanden", antwortete John.

Mit einem letzten Blick auf das Ziel setzten sie sich fast gleichzeitig in Bewegung. Jeder Schritt war präzise, kalkuliert und lautlos. Sie schlichen sich durch das Dickicht, bewegten sich zwischen den Schatten der Bäume und näherten sich dem Eingang des Hauses. Der Mond strahlte über ihnen, aber das dichte Blätterdach bot genug Deckung, um sie unsichtbar zu halten.

Die Wachen hatten sie noch nicht bemerkt.

„Jetzt", flüsterte Matt, als sie den richtigen Moment abpassten. Sie setzten zum Sprint an, so schnell wie möglich, aber ohne die Stille zu brechen.

Matt erreichte den ersten Wächter, der sich ahnungslos neben einem alten Eisentor aufhielt. Mit einem schnellen, präzisen Schritt packte er den Mann von hinten. Ein kurzer, fester Griff um den Hals, und der Wache war bewusstlos. Ohne Zeit zu verlieren, sicherte Matt die Waffe des Mannes und legte ihn beiseite.

John war ebenfalls schnell und effizient. Der zweite Wächter, der ein wenig weiter links stand, war in Gedanken versunken und bemerkte John nicht, als er sich von der Seite anschlich. Ein gezielter Schlag auf den Kopf, und auch dieser Mann sackte zusammen. John versteckte den Körper im Dickicht.

„Zwei erledigt", sagte Matt leise, als er wieder in Position ging. „Das war's. Jetzt rein."

Die Tür zum Gebäude war nicht verschlossen, und Matt drückte sie leise auf, als er vorsichtig hineinschlich. John folgte ihm dicht auf den Fersen.

„Hast du irgendetwas gehört?", fragte John, während er mit der Waffe in der Hand den Flur absuchte.

„Nichts", antwortete Matt. „Aber wir müssen vorsichtig sein. Wir wissen nicht, wie viele Leute hier drin sind."

Sie gingen weiter, jeder Schritt durch den alten Flur von der Zeit selbst gedämpft. Die Atmosphäre war bedrückend still, als ob das Haus selbst versuchte, seine Geheimnisse zu bewahren. Ein leises Rauschen war von weiter oben zu hören, als ob jemand die Treppen hinaufging, aber der Flur vor ihnen blieb leer.

„Oben ist vielleicht noch etwas", murmelte John. „Vielleicht im Obergeschoss."

Matt nickte und gab ihm ein Handzeichen. Sie mussten sich weiter vorwärts bewegen, bis sie das Herz des Hauses fanden.

Sie erreichten eine Treppe, die in den oberen Stock führte. Langsam und vorsichtig stiegen sie hinauf, die Waffen in den Händen, immer darauf bedacht, den kleinsten Laut zu vermeiden. Als sie oben ankamen, fanden sie sich in einem langen, schmalen Gang wieder, von dem mehrere Türen abzweigten. Es gab keine Anzeichen von Leben, doch Matt wusste, dass es nur eine Frage der Zeit war, bis sich das änderte.

„Was jetzt?", fragte John, als er die Türen betrachtete.

„Weiter", sagte Matt bestimmt.

Mit einem letzten Blick auf die dunklen Türen bewegten sie sich weiter. Ihre Sinne waren auf höchste Alarmbereitschaft geschaltet. Jede Bewegung, jedes Geräusch konnte das Ende bedeuten.

Doch der Raum, den sie betraten, schien zunächst unauffällig. Ein paar einfache Möbel, ein Tisch, auf dem einige verstreute Papiere lagen. Keine Wachen. Keine Geräusche. Nur Stille.

Gerade als sie sich umdrehen wollten, hörten sie plötzlich Geräusche. Schritte – nah, sehr nah.

Matt zielte in Richtung Tür. Die Schritte kamen näher und als sich die Tür öffnete sah er den Mündungslauf eines Gewehres. Er schoss direkt. Der Angreifer hatte keine Chance. Er stolperte durch die Tür und sackte auf den Boden.

Matt nickte, während er eine weitere Tür öffnete. Es war ein staubiger Raum, von der Zeit gezeichnet.Nichts, was ihnen weiterhelfen konnte. Doch dann hörten sie es – ein leises Geräusch, wie das Knarren von Dielen. Etwas bewegte sich, und es kam nicht von ihnen.

„Hast du das gehört?" fragte Matt in einem Flüsterton.

John nickte. „Von oben. Da müssen wir hin."

„Bleib ruhig. Wir gehen weiter", antwortete Matt, während er die Waffe nachlud und sich auf den Flur konzentrierte.

Langsam gingen sie weiter, die Treppe hinauf. Ihre Aufmerksamkeit galt dem Dachboden.

„Da", flüsterte John und deutete auf die Tür. „Dort müssen wir hin."

Mit einem Nicken bestätigte Matt, dass er die Führung übernahm. Vorsichtig schlich er sich vor und drehte den Türgriff. Ein leises Quietschen erklang, als die Tür aufging. Dunkelheit umhüllte sie, doch Matt konnte schwach das Umriss eines Treppenaufgangs erkennen.

„Wir nehmen die Stufen in Deckung", sagte er. „Geh mir nach. Keine Lichter."

Langsam und vorsichtig stiegen sie die steilen Stufen hinauf. Als sie oben ankamen, fanden sie sich in einen kleinen spärlich eingerichteten Raum wieder. Auf den ersten Blick schien der Raum leer, bis John einen leisen Atemzug hörte, der nicht von ihnen kam.

„Hast du das gehört?", flüsterte er und drehte sich zu Matt.

„Ja", antwortete Matt und suchte den Raum ab.

Er drehte seinen Kopf Richtung Fenster. Und dann, in der Ecke des Raumes auf dem Bett saß sie.

Lyla.

Kapitel 36

Als sie Matt und John bemerkte, zuckte sie zusammen und hielt den Atem an. Ihre Haare waren zerzaust, und ihre Kleidung war zerrissen. Doch ihre Augen, die wie zwei stahlblaue Saphire in der Dunkelheit schimmerten, waren scharf und aufmerksam.

„Lyla?" flüsterte Matt, als er einen Schritt näher trat.

Sie starrte ihn mit einer Mischung aus Angst und Erleichterung an. Ihre Lippen bebten, aber sie sagte nichts. Matt konnte sehen, wie sie sich versuchte, zu sammeln. Es war, als würde die ganze Last von Tagen oder Wochen des Versteckens und Wartens auf ihr lasten.

„Es ist in Ordnung", sagte John leise, als er ebenfalls einen Schritt auf sie zu machte. „Wir sind hier, um dir zu helfen."

Lyla zögerte noch einen Moment, dann ließ sie ihre Haltung sinken und stand langsam auf. Ihre Beine waren schwach, als hätte sie seit Tagen nicht richtig gegessen oder geschlafen.

„Ich... ich dachte, niemand würde kommen", flüsterte sie, ihre Stimme rau und brüchig.

„Du bist sicher, Lyla", sagte Matt und trat vorsichtig näher. „Es ist vorbei. Wir holen dich hier raus."

Die Erleichterung in ihrem Gesicht war kaum zu fassen. Tränen stiegen ihr in die Augen, aber sie wischte sie schnell weg.

„Danke", sagte sie, während sie ihren Blick immer wieder auf Matt richtete. „Ihr seid wirklich die Einzigen, die gekommen sind, oder?"

Matt nickte, doch etwas in ihrem Blick ließ ihn innehalten. Ihre Augen, diese klaren, stechend blauen Augen, hatten plötzlich einen Anflug von Misstrauen.

„Es tut mir leid, dass du das alles durchmachen musstest", sagte er ruhig.

Lyla starrte ihn für einen Moment an, dann zuckte sie zusammen. Ihre Augen weiteten sich, als ob sie plötzlich etwas erkannte. Ihr Blick wechselte von Matt zu John und zurück zu Matt.

„Du… du bist doch…Du bist Mr. Donovan, oder?"

„Du bist… der Hausmeister. Mr. Donovan?", wiederholte Lyla, ihre Augen schmal und unsicher.

Matt schluckte. „Lyla, das ist nicht so, wie du denkst. Es gibt keine Verbindung zwischen mir und dem Direktor", sagte er ruhig. „Ich war nicht immer Hausmeister musst du wissen. Du kannst uns vertrauen. Wir haben nur versucht zu helfen und den Direktor festzunehmen."

Sie schien noch immer verwirrt.

„Ich bin John" ging dieser vorsichtig auf Lyla zu. „Ich war früher Agent und mittlerweile arbeite ich als Privat Detective. Matt und ich kennen uns schon sehr lange und er hat mich um Hilfe gebeten ihm bei der Suche nach dir zu helfen. Wir sind beide nur hier um dich zu befreien. Bitte, du kannst uns wirklich vertrauen."

Wieder liefen Tränen über ihre Wangen. „Ich glaube ihnen Mister. Bitte lassen sie uns gehen."

John fiel ein Stein vom Herzen. „OK, Lyla. Wir holen dich jetzt hier raus. Aber wir müssen auch Direktor Harris fassen. Ist er noch hier im Haus?"

„Nein, der Direktor ist nicht hier. Er ist schon weg."

„Weg? Wohin?" Matt trat einen Schritt näher.

„Er ist gegen frühen Abend gefahren", antwortete Lyla. „Er sah nervös aus. Nicht wie der Mann, den ich kenne. Ich habe ihn nie so gesehen. Und dann ist er gegangen. Allein."

Matt und John sahen sich frustriert an, und ein beklemmendes Gefühl breitete sich in ihren Magen aus.

„Verdammt", murmelte John, und in seinem Blick lag eine Mischung aus Frustration und wachsender Sorge. „Das bedeutet, dass wir verraten wurden. Er wusste, dass wir auf dem Weg hier her sind."

„Ja", bestätigte Matt, während er durch den Raum blickte „Er wusste es. Und das bedeutet, das wir den Behörden hier nicht vertrauen können."

„Trotzdem, wir müssen ihn finden, bevor er noch mehr Schaden anrichtet." ergänzte er.

„Er hat einen Plan", sagte John nachdenklich. „Er ist nicht einfach nur weggefahren."

Matt dachte einen Moment nach. „Er wird nicht einfach verschwinden. Er hat ein Ziel. Vielleicht eine Rückzugszone, ein Ort, an dem er sich verstecken kann."

„Du hast recht" antwortete John. „ Aber jetzt müssen wir erst mal zu sehen das wir hier verschwinden."

Matt nickte. Er zog sein Handy aus der Tasche und begann Sheriff Miller eine Nachricht zu senden.

„Wir haben Sie! Harris ist auf der Flucht!"

Kapitel 37

Es war bereits spät als Matt, John und Lyla in den Fluren des Sheriff-Büros von Miller standen. Der lange Tag hatte seine Spuren hinterlassen – ihre Kleidung war zerknittert, die Augen müde und die Erschöpfung greifbar.

Sheriff Miller saß hinter seinem Schreibtisch.Die Wände waren übersät mit verstaubten Akten, die aus der Vergangenheit zu stammen schienen, und der Sheriff selbst hatte einen unbestimmten, aber dennoch erkennbaren Ausdruck von Müdigkeit in seinem Gesicht.

Die drei traten ein und nahmen platz. Es würde viel zu besprechen geben.

Lyla hatte sich nicht wirklich zu Wort gemeldet, bis zu diesem Moment. Ihr Blick war starr, als sie den Sheriff ansah und ihm die ganze Geschichte erzählte. Die geflüsterte, erschreckende Wahrheit über die Entführung und den Verrat, die sie in eine gefährliche Lage gebracht hatten.

„Ich… ich weiß nicht, wo ich anfangen soll", sagte sie schließlich und sah zu Boden, als ob sie sich vor etwas schützen musste. „Es war nicht geplant. Aber irgendwann… irgendwie, wurde alles anders. Es begann harmlos, so dachte ich damals jedenfalls."

Matt und John hörten zu, die Aufmerksamkeit auf Lyla gerichtet, die ihre Geschichte in diesen kurzen Momenten zusammenzuraffen versuchte. Sie atmete tief ein und fuhr fort.

„Ich war gerade siebzehn, als es begann", erzählte sie mit gedämpfter Stimme, als würde sie die Erinnerungen vorsichtig ausgraben. „Der Direktor. Ich dachte nie, dass jemand wie er… überhaupt ein Interesse an mir haben würde. Aber er war anders. Ich war nur ein Mädchen, das nach einem Platz suchte, nach einem Sinn, und er… er hat mir das alles gegeben."

Lyla machte eine kurze Pause und sah zu Matt, dann zu

John, als ob sie sich versichern wollte, dass sie nicht verurteilt wurden. „Er behandelte mich wie… wie etwas Besonderes. Ich war nicht nur eine Schülerin für ihn. Er hat mir gezeigt, wie die Welt wirklich sein kann. Literatur, Philosophie, Kunst – alles war plötzlich so… lebendig. Es war, als würde ich in eine völlig neue Welt eintauchen, eine Welt, von der ich nie wusste, dass sie existiert."

Sie fuhr fort, ohne zu merken, dass ihre Hände leicht zitterten. „Er hatte diese Ruhe, diese Ausstrahlung. Der Direktor war kultiviert, so unglaublich klug. Er wusste, wie man mit Menschen umgeht. Und er hatte eine Art, Dinge zu sagen, die einen in den Bann zog. Und irgendwann, als ich ihm vertraute, wurde es mehr als das. Ich… ich verliebte mich in ihn."

Matt und John sagten nichts, als sie weitersprach, als würde sie etwas ablegen, das sie nicht länger in sich behalten konnte.

„Er hat mir gesagt, dass wir vorsichtig sein müssen, dass es alles geheim bleiben muss. Er wollte nicht, dass irgendjemand von uns erfährt, was zwischen uns war. Er hatte Angst. Angst vor den Konsequenzen. Er hatte eine Stellung, eine Macht. Und er wusste, dass alles, was er hatte, in Gefahr geraten würde, wenn irgendjemand von uns erfuhr. Die Welt durfte es nicht wissen."

Lyla schloss kurz die Augen und atmete tief durch, als ob sie sich wieder in eine Zeit zurückversetzen wollte, die längst vergangen war. „Er sagte mir immer wieder, dass wir warten sollten. Bis ich 18 werde, meinte er. Dann könnten wir es der Welt zeigen, dann könnten wir endlich frei sein, ohne Angst, dass irgendjemand uns auseinanderbringt. Calvin wollte mir alles geben, aber er wollte, dass wir auf den richtigen Moment warten."

John nickte zustimmend. „Es tut mir leid, Lyla. Du bist nicht schuld an dem, was er getan hat."

„Was ist dann passiert?" fragte der Sheriff.

Lyla schob eine Strähne ihres zerzausten Haares hinter das Ohr. Ihre Worte kamen jetzt langsamer, bedächtiger, als sie sich erinnerte.

„Es war, als ob alles auf einmal zusammenbrach", begann sie. „Tim… er wusste es. Irgendwie wusste er, was zwischen mir und dem Direktor war."

Matt sprach sie mit leiser Stimme an. „Wir wissen von eurem Streit."

Lyla nickte, ihr Blick dunkel, als sie an diesen Moment zurückdachte. „Ja. Er hat mich beschuldigt, Dinge zu verbergen. Er meinte, er hätte es gesehen – mich und den Direktor. Und ich wollte nicht, dass jemand erfährt, was ich für den Direktor empfand. Aber Tim war so… so aufgebracht. Irgendwann, hat er angedeutet, dass er mehr wusste, als er zugeben wollte."

„Was hast du dann getan?" fragte John, als er spürte, dass sie an einem Wendepunkt war.

Lyla atmete tief ein, der Schmerz in ihrer Stimme wurde deutlicher, als sie weitersprach. „Ich habe versucht, es zu leugnen. Und dann kam der Direktor… Er hatte alles gehört. Den ganzen Streit. Als ich nach Hause kam, wartete er schon auf mich."

„Und was sagte er?"

„Er wusste, dass wir in Gefahr waren", sagte Lyla und blickte in die Runde. „Der Direktor hatte keine Wahl. Tim war ein Risiko. Er wusste, dass, wenn Tim weiter Fragen stellte, es bald alles auffliegen würde."

Lyla schluckte, als sie an den Moment zurückdachte, der für sie alles verändert hatte. „Der Direktor sagte, wir müssten gehen. Sofort. Dass es zu gefährlich war, in dieser Stadt zu bleiben, dass Tim nicht der Einzige war, der Verdacht geschöpft hatte. Er meinte, wir könnten nicht länger in der Nähe bleiben, dass es keinen Platz mehr für uns hier gäbe. Die Dinge waren längst aus der Kontrolle geraten."

„Also habt ihr die Stadt verlassen?" fragte der Sheriff, der sich nun vollständig auf Lyla konzentrierte.

Lyla nickte, ihre Augen trüb. „Ja, aber es war mehr als nur das. Es war kein Zufall, dass er mir von einer neuen Stadt erzählte, einem neuen Ort, an dem wir ein neues Leben beginnen könnten."

„Er wollte euch aus der Stadt bringen, weil er wusste, dass die Gefahr näher rückte", sagte John nachdenklich.

„Genau", antwortete Lyla, ihre Stimme jetzt härter.

„Der Direktor hatte seine eigenen Vorstellungen", begann sie weiter zu sprechen.

Matt beugte sich vor, als ob er sich für das, was sie gleich erzählen würde, wappnen wollte. John war still, wartete auf die nächsten Worte.

„Calvin sagte, dass ich von zwei seiner vertrautesten Männer abgeholt werden sollte. Er nannte sie... seine 'Gesellen', Leute, die er schon lange kannte und denen er blind vertraute. Sie würden mich abholen und mich in ein abgelegenes Haus nach Texas bringen. Ein sicherer Ort. Ein Ort, an dem niemand uns finden würde. Dort würde ich warten, bis er nachkommen konnte."

Ihre Stimme schwoll an, als sie die Details des Plans weiter erzählte. „Ich erinnere mich, wie er sagte, dass er nachkommen würde. Er hatte zu diesem Zeitpunkt noch nicht gesagt, wann genau. Er meinte, es könnte ein paar Tage dauern. Er sprach von einer Zukunft, die wir zusammen aufbauen würden – ohne Geheimnisse, ohne Angst. Alles, was er sagte, klang wie der Traum, den ich mir nie hätte ausmalen können. Aber... jetzt weiß ich, dass es nur ein weiterer Teil seiner Manipulation war."

„Er hat dich isoliert", sagte John leise, als ob er die Tragweite der Situation realisierte. „Er hat dir ein Bild von einer besseren Zukunft gegeben, damit du nichts hinterfragst. Er wusste, dass du in Texas warten würdest, dass du allein bist, und er hätte jederzeit nachkommen können – um das zu tun, was er wirklich wollte."

„Und diese 'Gesellen' – wer waren sie?" fragte Matt, immer noch misstrauisch. „Hast du irgendetwas über sie erfahren?"

Lyla schüttelte den Kopf.

John seufzte und lehnte sich zurück. „Das klingt nach einem gut durchdachten Plan. Der Direktor wusste, dass er dich unter Kontrolle hatte. Und wenn er dich erst einmal aus der Stadt gebracht hätte, hatte er alle Zeit der Welt, um alles zu erledigen, was er wollte – ohne, dass jemand ihm auf die Schliche kam."

„Genau", sagte Lyla, und ihre Stimme war jetzt ruhiger, aber auch erschöpft.

„Nachdem wir in Texas angekommen waren, änderte sich alles", fuhr sie fort. Calvin kam nicht. Stattdessen fand ich mich in einem Zimmer wieder, von dem ich nicht wusste, warum ich dort war – und aus dem ich nicht herausgelassen wurde. Ich war von der Außenwelt abgeschnitten – niemand sagte mir, was der Direktor tat oder warum ich nicht mit ihm sprechen konnte. Ich saß dort fest, jeden Tag, ohne Antworten, ohne etwas, was mich wirklich beruhigen konnte."

Sie hielt inne, atmete tief ein und blickte auf. „Dann, eines Abends, kam Calvin zu mir. Er war kühl, distanziert.

Lyla senkte den Blick auf ihre Hände, die sich unruhig zusammenballten. „Er kam zu mir und sagte, dass es Zeit für mich war. Ich wusste sofort, was das bedeutete. Die Art, wie er es sagte, machte es klar – er wollte, dass ich mit ihm zu einer dieser Partys ging. Eine dieser privaten Veranstaltungen. Calvin meinte er würde Gäste erwarten und ich solle mich um sie kümmern. Ihnen zur Verfügung stehen."

Sie schüttelte langsam den Kopf. „Ich weigerte mich. Ich sagte ihm, dass ich nicht gehen würde. Aber Calvin ließ sich nicht einfach abwimmeln. Er war hartnäckig und drängte weiter, als ob er es nicht fassen konnte, dass ich mich weigerte, ihm zu gehorchen."

Matt und John hörten aufmerksam zu, und auch wenn sie wussten, dass Lyla nicht über die kleinsten Details sprach, war es offensichtlich, wie stark die Kontrolle des Direktors und seiner Männer über sie gewesen war.

„Und was geschah, als du dich weigerst hast?" fragte John, seine Miene wurde ernster, als er sich an Lyla wandte.

Lyla zog die Schultern nach oben, als versuchte sie, sich von der Erinnerung zu befreien. „Calvin wurde wütend. Er schrie mich an, sagte mir, dass es Konsequenzen geben würde, wenn ich mich weiterhin weigerte. Und ich wusste, dass er es ernst meinte. Aber ich konnte nicht einfach nachgeben. Ich konnte nicht."

Sie hielt inne, als ob sie einen Moment brauchte, um sich wieder zu sammeln. Die Worte kamen zögerlicher, als sie versuchte, die Erinnerung zu verarbeiten, die sie noch immer nicht vollständig begreifen konnte.

„Er packte mich", sagte sie schließlich, ihre Stimme dünn und brüchig. „Er versuchte, mich aus dem Zimmer zu ziehen, als ob meine Entscheidung nichts zählte, als ob ich einfach nur ein weiteres Objekt in seinen Augen war. Aber ich kämpfte zurück. Ich wehrte mich. Es war das Einzige, was ich tun konnte."

„Und er ließ dich los?" fragte Matt, ein besorgter Blick in seinen Augen.

Lyla nickte schwach. „Ja, er ließ mich los. Aber ich wusste, dass er zurückkommen würde. Dass er es wieder versuchen würde, bis ich mich fügte. Aber ich hielt durch. Ich wusste, dass ich nicht nachgeben durfte. Und ich wusste, dass ich weiter kämpfen musste, wenn ich nicht irgendwann untergehen wollte."

Es war still im Raum. Jeder der Anwesenden wusste, dass dies nicht einfach nur eine Geschichte von einem misslungenen Versuch war, Lyla zu kontrollieren.

„Du hast das Richtige getan", sagte John schließlich. „Und wir werden sicherstellen, dass der Direktor für alles, was er dir angetan hat, bezahlt."

Kapitel 38

Es klingelte an seiner Tür und Matt der noch im Bett lag schaute auf die Uhr. Es war fast Mittag. Die letzten Tage waren anstrengend und er fühlte sich immer noch erschöpft. Scott stand neben ihm am Bett und schaute ihn erwartungsvoll an als würden sie Besuch erwarten.

Gemeinsam gingen sie zur haustür. Matt schaute verschlafen in das Gesicht des Sheriffs. „Cody. Komm rein."

Der Sheriff trat ein, sein Gesicht war von einer ernsten, fast besorgten Miene geprägt. Ohne ein weiteres Wort zu verlieren, ging er zum Esstisch und setzte sich.

„Setz dich, Matt", sagte er, seine Stimme war ruhig, aber der Ausdruck in seinen Augen ließ keinen Zweifel daran, dass er mit schlechten Nachrichten gekommen war.

Matt folgte ihm, nahm Platz und wartete. Er wusste, dass der Sheriff nicht einfach so in seine Wohnung kam – es musste etwas Wichtiges geben.

„Was ist passiert?" fragte er, seine Stimme ruhig, aber angespannt.

Der Sheriff seufzte und zog eine Mappe hervor, die er mit sich trug. Er blätterte ein paar Seiten um, bis er eine fand, die er vor sich auf den Tisch legte. „Wir haben sie gefunden, Matt. Amy.

Matt starrte Cody an. Für einen Moment schien er die Worte nicht wirklich zu begreifen. „Amy?" fragte er schließlich. „Ist sie Tod?"

„Ja", bestätigte Sheriff Miller und nickte. „Sie war im Garten des Hauses, das wir durchsucht haben. Offenbar haben sie das Mädchen dort entsorgt."

Matt konnte kaum einen klaren Gedanken fassen. Die Vorstellung, dass Amy dort gefangen war, war schockierend.

„Verdammt" er konnte es kaum fassen. „Wie kann das sein?"

„Das ist es, was uns auch ratlos macht", sagte der Sheriff und lehnte sich in seinem Stuhl zurück. „Und da ist noch was. Es wurden noch zwei weitere Leichen entdeckt. Wir vermuten es sind seine Eltern."

Matt nickte nachdenklich.

In diesem Moment klopfte es am Türrahmen. John stand im Durchgang von der Küche ins Wohnzimmer. Sein alter Weggefährte schien genauso erschöpft zu sein wie er selbst, aber dennoch war er immer da, wenn es darum ging, zu helfen.

„John", sagte Matt, als er seinen Freund begrüßte.

„Ich wollte nur kurz vorbeikommen und mich verabschieden." Er blickte kurz zum Sheriff, nickte ihm zu und setzte sich dann auf einen der Stühle. „Ich muss in ein paar Stunden bei der Arbeit sein. Du weißt, wie das ist, Matt."

„Ja, ich weiß", antwortete Matt und gab John einen langen Blick. Es war kaum zu fassen, wie viel sich in den letzten Tagen verändert hatte. Der Fall, die Entführungen – und jetzt die Frage, wie weit sie noch gehen mussten, um den Direktor und all die Menschen, die mit ihm in Verbindung standen, zur Rechenschaft zu ziehen.

„Also, wie geht's dir?" fragte John und sah zu Sheriff Miller.

„Ganz okay", sagte der Sheriff. „Ich bin noch in der Phase, in der wir die letzten Details zusammensetzen und versuchen, alles zusammenzufügen. Der Direktor ist weiterhin nicht aufzufinden."

„Verstehe", sagte John und stand auf. „Matt, du weißt, dass du dich jederzeit melden kannst, wenn du etwas brauchst."

„Ich weiß, danke, John", sagte Matt und reichte ihm die Hand. „Pass auf dich auf."

„Du auch", sagte John, bevor er sich zur Tür wandte und

nach draußen trat.

Sheriff Miller und Matt blieben allein zurück. Der Sheriff seufzte und klappte die Mappe zu.

„Es ist noch viel zu tun", sagte er, als er Matt ansah.

„Ich weiß", antwortete Matt, „wir werden ihn finden. Und wenn wir es tun, wird er für alles bezahlen, was er getan hat."

Der Sheriff nickte zustimmend. „Genau."

Später am Abend wollte Julia zum Essen vorbeigekommen.

Der Duft von frisch zubereitetem Essen lag in der Luft, als Matt die Tür öffnete. Es war ein wenig überraschend, aber er freute sich, Julia zu sehen.

„Hey, Julia!", begrüßte Matt sie mit einem Lächeln und trat zur Seite, damit sie eintreten konnte.

Nachdem sie gegessen hatten nahmen sie draußen auf der Veranda Platz. Matt zündete sich eine Zigarette an.

Julia schaute ihn mit einer gewissen strenge im Blick an. „Du hast dich in die ganze Sache mit dem Direktor vertieft, als ob es nichts anderes mehr gäbe. Aber jetzt musst du wieder auf dich selbst achten, Matt."

Matt nickte, wusste aber, dass Julia recht hatte. Er hatte den Fokus fast vollständig auf die Suche nach Harris gerichtet, die ihn in letzter Zeit von allem anderen abgelenkt hatte. Doch heute, in diesem Moment, als er sich mit Julia zusammensetzte, spürte er, dass er auch einmal innehalten musste. Die Gedanken über Harris und seine Komplizen, die immer wieder in seinen Kopf schossen, waren wichtig, aber nicht alles.

„Ich weiß", sagte er schließlich und sah Julia an während er den Rauch aushauchte. „Aber ich kann nicht einfach so loslassen. Sieh was er Lyla und den anderen angetan hat. Er muss zur Rechenschaft gezogen werden."

„Ich weiß, Matt. Ich verstehe das." Julia sah ihn jetzt mit ernster Miene an. „Ich bin stolz auf dich, dass du Lyla gefunden hast, dass du sie aus dieser Hölle herausgeholt hast. Aber du musst jetzt damit abschließen. Sie ist zurück und den rest muss die Polizei alleine schaffen. Du hast schon so viel riskiert."

Matt atmete tief durch, legte die Hände auf den Tisch und stützte sich leicht darauf ab. „Ich weiß, aber es fühlt sich nicht richtig an, einfach so aufzuhören."

Julia schüttelte den Kopf und legte eine Hand auf seinen Arm, als wolle sie ihm Trost spenden. „Matt, du hast nicht nur Lyla gerettet. Du hast so vielen Menschen geholfen, und das wird nicht vergessen werden. Aber du kannst nicht dein ganzes Leben darauf aufbauen, Harris zu jagen. Es gibt andere Dinge. Dinge, die auch wichtig sind – für dich."

„Und was soll das sein?" fragte er, ein wenig überrascht, dass Julia es so direkt ansprach.

„Ich meine, du hast ein Leben, Matt. Ein Leben, das auch ohne diese Jagd lebenswert ist. Du hast eine Familie, Freunde – und du hast mich", sagte sie sanft. „Es gibt so viele Dinge, die du aufbauen kannst, wenn du es zulässt. Du hast die Möglichkeit, neu zu beginnen. Und ich hoffe, du lässt dir diese Chance nicht entgehen."

Matt sah sie an, und für einen Moment sagte er nichts. Er dachte an Lyla, an alles, was er für sie getan hatte, aber auch an Direktor Harris. Es war schwer, sich vorzustellen, wie er jemals wirklich zur Ruhe kommen könnte, ohne ihn seiner Gerechten Strafe zu zuführen.

Julia sah ihn verträumt an. „Wir müssen uns nicht ständig nur über die Jagd nach dem Direktor unterhalten. Lass uns einfach mal den Moment genießen, okay? Du und ich, zusammen. Ich habe das Gefühl, wir haben das schon lange nicht mehr getan."

Kapitel 39

Die Sonne stand tief am Horizont, färbte den Himmel in ein leuchtendes Orange und ließ das Meer in goldenen Wellen glitzern. Es war einer dieser Abende, an denen die Zeit stillzustehen schien. Die Atmosphäre war entspannt, fast idyllisch, doch für Matt war es der Moment, auf den er so lange gewartet hatte.

Er saß allein in einer Strandbar, sein Blick fest auf den Mann gerichtet, der sich in der Ferne aufhielt – Direktor Harris. Der Mann, den er wochenlang gesucht hatte. Der Mann, der für so viele Verbrechen verantwortlich war. Und jetzt war er hier, in dieser ruhigen Ecke der Welt, als ob er nichts zu befürchten hätte.

Matt hatte es geschafft, Harris' Versteck zu finden. Ein abgelegener Strandort, weit ab von der Zivilisation. Der Direktor hatte sich gut versteckt, aber nicht gut genug. Und heute war der Tag gekommen, an dem die Jagd ein Ende fand.

Er beobachtete Harris, der mit einer Gruppe von Leuten lachte, sich mit ihnen unterhielt und die Sonne genoss. Es war kaum zu fassen, dass dieser Mann, der so viele Leben zerstört hatte, so entspannt in dieser tropischen Umgebung herumspazierte, als wäre er der Unschuldige in einem Märchen. Matt hatte sich nie vorgestellt, den Direktor in einer solchen Umgebung zu finden – als wäre er ein Tourist, der einfach eine Auszeit nahm.

Harris wirkte unbeschwert, das Gespräch mit seinen Begleitern fließend, ein Cocktailglas in der Hand. Matt konnte den Geruch des warmen Salzwassers in der Luft riechen und das sanfte Rauschen der Wellen im Hintergrund hören. Aber in seinem Kopf war alles andere als Ruhe. Der Adrenalinspiegel stieg, als er beobachtete, wie der Direktor sich vom Tisch erhob und in Richtung der Bar schlenderte, um sich ein neues Getränk zu holen.

Matt wusste, dass dies der Moment war. Er konnte es nicht

länger hinauszuzögern. Es war Zeit, sich zu zeigen. Die Jagd war vorbei. Er stand auf, schob den Stuhl zurück, und trat aus dem Schatten, den er den ganzen Nachmittag genutzt hatte, um den Direktor zu beobachten.

Mit festen Schritten ging er durch die Bar, die an diesem Abend nur spärlich besucht war. Die wenigen Gäste schienen in ihre eigenen Gespräche vertieft zu sein, niemand bemerkte, wie Matt sich der Theke näherte.

Der Direktor stand am Tresen und gab eine Bestellung auf. Als er sich dann umdrehte, um das Glas entgegenzunehmen, fiel sein Blick auf Matt. Ein Moment der Erkennung – und dann ein schneller Wechsel in seiner Miene. Ein Schatten, der über sein Gesicht huschte, und dann verschwand.

„Sie?", sagte der Direktor, als er das Glas in die Hand nahm und langsam auf den Mann zuschritt, der vor ihm stand.

„Calvin", antwortete Matt kühl und sah ihm direkt in die Augen. „Ich hätte nie gedacht, dass du so ein schönes Leben führst, Direktor. Trotz all deiner Lügen, all deiner dunklen Geschäfte – du entspannst dich hier, als ob du nie etwas falsch gemacht hättest."

Harris' Lächeln war glatt, seine Haltung selbstsicher, fast überheblich. Er ließ das Glas in seiner Hand kreisen, die Eiswürfel klirrten in dem Getränk. „Es gibt eine Sache, die du lernen musst, Matt. Manchmal geht es nicht nur um das, was du tust. Es geht darum, wie du es tust."

Matt knirschte mit den Zähnen, seine Fäuste ballten sich. Er holte aus und versetzte Harris einen trockenen Schlag auf die Brust. „Hinsetzen", sprach er mit bestimmter Stimme.

Direktor Harris röchelte nach Luft und sah entsetzt zu Matt. Aber er gehorchte und nahm Platz.

„Ich will einfach wissen, warum", sagte Matt. „Warum hast du all das getan? Warum all dieses Leid über andere gebracht?"

Harris' Augen verengten sich. Ein Funken von etwas, das

wie Ärger oder Enttäuschung aussah, blitzte in seinen Augen auf. Aber er kontrollierte sich sofort. „Leid?" Er kam langsam wieder zu Atem. „Leid ist nur eine Perspektive. Es geht immer darum, wer die Macht hat und wer die Kontrolle. Wenn du erst verstehst, dass du selbst das Spiel bestimmst, wirst du erkennen, dass all diese Opfer notwendig waren, um das zu bekommen, was mir gehört."

„Du bist ein Monster", sagte Matt mit einer Kälte in der Stimme, die er lange nicht mehr verwendet hatte. „Und du wirst für all das bezahlen. Du kannst hier sitzen und dich feiern, aber du bist am Ende."

Für einen Moment war es still zwischen ihnen. Dann lachte Harris leise. Ein kurzes, hämisches Lachen. „Du bist nichts anderes als ein Hausmeister, der von seiner eigenen Wut getrieben wird. Glaub mir, du wirst nie verstehen, warum ich das alles getan habe. Es gibt keine Erklärung, die du akzeptieren würdest. Aber ich war immer der, der den Kurs bestimmt hat."

„Das denke ich nicht", sagte Matt ruhig. „Aber es ist nie zu spät für einen neuen Anfang. Und heute wirst du sehen, wie dieser Anfang aussieht."

Der Direktor schien für einen Augenblick nachdenklich. Dann, fast beiläufig, nahm er einen Schluck von seinem Cocktail und stellte das Glas wieder auf den Tisch. „Das wirst du mir noch beweisen müssen, Matt."

„Ich werde dir noch viel mehr beweisen, Harris. Er holte wieder aus und schlug den Direktor zu Boden.

Matt trat noch einen Schritt vor, so nah, dass er die Angst in Calvin Harris Augen sehen konnte.

„Hinsetzen" machte er ihm unmissverständlich klar.

Matt stand immer noch vor Direktor Harris. Die Wellen plätscherten leise gegen das Ufer, als ob sie das, was gerade zwischen den beiden Männern ablief, nicht zur Kenntnis nehmen wollten.

„Wie hast du es geschafft? Wie bist du geflüchtet?"

Direktor Harris nahm einen weiteren Schluck aus seinem Cocktailglas, sein Gesicht eine Maske aus Ruhe und Überlegenheit. Ein Lächeln zog über seine Lippen, als er Matt musterte, als ob er gerade einen Fehler gemacht hätte, einen, den er nicht länger ignorieren konnte.

„Du willst also wissen, wie ich fliehen konnte?" Harris' Lächeln wurde breiter, fast spöttisch. „Das ist doch süß. Du denkst, ich wäre einfach so in die Ecke gedrängt worden, als ob ich keine Optionen mehr gehabt hätte. Aber du verstehst nicht, Matt. Ich habe immer Optionen. Ich habe immer Leute gehabt, die mir geholfen haben."

Matt schluckte, die Wut kochte in ihm auf.

„Du willst wissen, wie ich entkommen konnte?" Der Direktor sprach jetzt mit einer Selbstverständlichkeit, die ihn in diesem Moment beinahe noch gefährlicher machte. „Es war einfach. In Texas habe ich überall Verbündete bei der Polizei. Du hast geglaubt, ich wäre in der Falle, aber das war nie so."

Matt starrte ihn an, während er diese Worte verdaute. „Und du glaubst wirklich, du kommst damit davon? Als wäre es ein Spiel."

Harris zuckte mit den Schultern, als ob es nichts weiter war. „Du hast recht. Es ist ein Spiel. Und ich spiele es besser als jeder andere. Du bist einfach nicht bereit, den Preis zu zahlen, der nötig ist, um zu gewinnen. Du bist in deinem naiven Wunsch, die Welt zu retten, stecken geblieben."

Matt zog die Augenbrauen zusammen, seine Wut begann sich zu manifestieren. „Du redest also von ‚Preisen'? Was ist für dich der Preis, Harris? Was hast du aufgegeben, um deine Macht zu sichern?"

Der Direktor lächelte wieder, dieses Mal aber mit einer scharfsinnigen, beinahe kaltblütigen Miene. „Preis? Für mich war es einfach eine Frage der Berechnung. Ich habe keine Skrupel, Menschen aus dem Weg zu räumen, die mich aufhalten könnten. Wenn du das in meiner Welt nicht verstehst, dann wirst du nie etwas erreichen."

Er trat noch einen Schritt näher. „Hast du jemals darüber nachgedacht, was es bedeutet, wirklich an der Spitze zu stehen, Matt? Es geht nicht um Güte oder Moral. Es geht darum, was du bereit bist, zu tun, um zu bekommen, was du willst. Und wenn du ein paar Opfer bringen musst, um das zu erreichen, dann ist das nun mal der Preis."

„Du redest von Opfern?" Matt konnte es kaum fassen. „Du sprichst hier von menschlichen Leben wie von Schachfiguren. Du hast Mädchen in deine schmutzigen Spiele verwickelt, du hast ihre Leben zerstört, und du redest von ‚Opfern', als ob das einfach eine natürliche Konsequenz deines Spiels ist."

Harris' Miene veränderte sich kaum, aber in seinen Augen war ein Funken von Verachtung zu erkennen. „Es gibt immer Opfer, Matt. Du kannst gerne mit deinen Idealen weitermachen, du kannst dir die Hand in Unschuld waschen und dich für die Guten halten. Aber am Ende wirst du sehen, dass es diejenigen sind, die bereit sind, Opfer zu bringen, die gewinnen. Und ich bin bereit, alles zu tun, was nötig ist. Selbst wenn der Preis ein paar Mädchen sind."

Matt zog die Luft scharf ein. Er hatte lange auf diesen Moment gehofft, und er wusste, dass es ihm Genugtuung verschaffen würde. Wieder holte er aus und schlug Harris erneut auf die Brust. Diesmal mit all seiner Kraft. Dieser sank sofort auf die knie und hechelte vergebens nach ein bisschen Sauerstoff. Matt zog ihn auf die Beine.

„Es wird Zeit für dich deine Schuld zu begleichen. Machen wir einen Spaziergang."

Kapitel 40

Es war ein ruhiger Abend. Das Licht des Diner-Schriftzugs, der in leuchtendem Neonrot über dem Eingang flackerte, malte schillernde Reflexe auf den Asphalt. Das vertraute Klirren von Tassen und das Knistern der Fritteusen füllten die Luft. Doch für die Gruppe, die in einer gemütlichen Ecke des Lokals saß, schien die Welt stillzustehen.

Ein paar Tage waren vergangen, seit dem alles entscheidenden Moment, als Matt dem Direktor endlich gegenübergestanden und die Gerechtigkeit eingefordert hatte. Und während der Sturm, der über sie hinweggefegt war, sich langsam legte, fanden sie in diesem kleinen Diner ein Stück Normalität.

Lyla und Tim saßen nebeneinander und hielten Händchen, ihre Finger ineinander verschränkt. Lyla hatte das zarte Lächeln eines Menschen, der die Dunkelheit hinter sich gelassen hatte und nun in ein neues Kapitel trat. Die Schatten, die sie so lange verfolgt hatten, schienen langsam zu verblassen.

Sarah saß auf der anderen Seite des Tisches und sah auf ihre Freunde. Ihr Blick war weich. Im Moment war sie einfach nur dankbar. Dankbar, dass sie alle wieder zusammen waren, dass sie überlebt hatten, dass ihre Welt zumindest für diesen Augenblick in Ordnung war. Sie hatte sich längst von den Sorgen der Vergangenheit befreit.

„Es ist schön, dass wir wieder alle zusammen sind", sagte Sarah und stieß mit ihrem Glas an.

Matt und Julia saßen gegenüber, und beide hatten sich Erdbeer Shakes bestellt, die sich auf der Zunge lösten wie ein kleiner, süßer Trost nach all den dunklen Tagen.

„Ich kann es immer noch nicht glauben", sagte Julia leise, als sie einen Schluck von ihrem Shake nahm. „Es fühlt sich an, als ob alles endlich ein Ende gefunden hätte. Aber auch, als ob sich etwas Neues anbahnt."

„Das tut es", antwortete Matt und lächelte zurück. „Aber für den Moment sind wir hier. In diesem Diner. Mit guten Freunden. Und das ist genug."

Er hatte viel durchgemacht. Die Jagd nach Harris, der Kampf für die Gerechtigkeit, der Schmerz der letzten Wochen – all das war noch immer präsent, aber es hatte ihn stärker gemacht. Und jetzt saß er hier, inmitten von Menschen, die ihm genauso wichtig waren, wie er es für sie war. Es war ein Moment des Friedens, wie er ihn lange nicht mehr erlebt hatte.

Am Ende des Tisches saßen der Sheriff und sein Deputy, die sich bei einer Runde Burger und Pommes über die neuesten Entwicklungen im Fall unterhielten. Der Sheriff, der immer ein Stück weit mehr gelassen wirkte als alle anderen, nippte an seiner Cola und betrachtete die Gruppe. Er hatte mit seinem Job genug zu tun, doch heute schien er einfach nur froh zu sein, dass dieser Albtraum endlich ein Ende gefunden hatte.

„Weißt du, Matt", sagte der Sheriff und stieß mit seinem Deputy an, „ich habe schon viele durchtriebene Leute gesehen. Aber Harris... der war auf einem ganz anderen Level."

„Harris ist vorbei", erwiderte Matt und nickte mit einem Lächeln. „Und das ist alles, was zählt."

„Ja", sagte der Sheriff und lehnte sich in seinem Stuhl zurück. „ich verstehe trotzdem nicht warum wir ihn nicht finden können. Aber heute – heute lassen wir das alles hinter uns. Heute geht's nur um euch."

Der Deputy, ein junger Mann namens Mark Rodgers, nickte und verschlang hastig seinen Burger. „Absolut. Irgendwann geht er uns schon ins Netz."

Matt hörte zu und lächelte stumm in sich hinein.

Die Gruppe saß zusammen, aß und trank, während der

Abend langsam in die Nacht überging. Lachen erfüllte den Raum, und für das ersten Male seit Wochen fühlte es sich richtig an. Sie waren müde, aber glücklich.

Matt sah zu Lyla und Tim hinüber, deren Nähe und Zuneigung füreinander in jeder Geste spürbar war. Sie hatten gemeinsam eine lange Reise hinter sich, und jetzt saßen sie da – zusammen, in Frieden.

„Prost auf uns", sagte Matt und hob sein Glas.

„Prost", antworteten alle im Chor, und die Gläser klirrten sanft aneinander.

Es war ein Moment des Friedens, ein Moment, in dem all die Lasten und die Sorgen der Vergangenheit für einen Augenblick vergessen waren. Und auch wenn die Welt draußen nicht immer perfekt war, wusste Matt in diesem Moment, dass er mit diesen Menschen an seiner Seite bereit war, alles zu schaffen.

Das Spiel war vorbei. Aber das Leben – das hatte gerade erst wieder angefangen.